KB214523

평생을 한 사람밖에 사랑할 수 없는 남녀의 사랑 이야기 - 에스페란토 초보자를 위한 **쉬운 읽기 책**

LA FORTO DE L'VERO
진실의 힘

아디(ADI) 지음

진실의 힘(에·한 대역)

인　쇄 : 2022년 2월 7일 초판 1쇄

발　행 : 2022년 2월 14일 초판 1쇄

지은이 : 아디(ADI)

옮긴이 : 오태영(Mateno)

표지디자인 : 노혜지

펴낸이 : 오태영

출판사 : 진달래

신고 번호 : 제25100-2020-000085호

신고 일자 : 2020.10.29

주　소 : 서울시 구로구 부일로 985, 101호

전　화 : 02-2688-1561

팩　스 : 0504-200-1561

이메일 : 5morning@naver.com

인쇄소 : TECH D & P(마포구)

값 : 12,000원

ISBN : 979-11-91643-39-8(03890)

평생을 한 사람밖에 사랑할 수 없는 남녀의 사랑 이야기 - 에스페란토 초보자를 위한 쉬운 읽기 책

LA FORTO DE L'VERO
진실의 힘

아디(ADI) 지음
오태영 옮김

진달래 출판사

원서 소개

LA FORTO DE L' VERO
(VERKITA DE ADI),

FACILA LEGOLIBRO (ROMANO) POR KOMENCANTOJ

3'a eldono

1956 DANSK ESPERANTO-FORLAG AABYHØJ

아디(ADI, 1885.11.5.~1966.1.29.) 라는 가명으로 활동한 이다 크리스텐슨(IDA CHRISTENSEN)은 덴마크 에스페란토 작가이자 단편 소설 La Forto de l'Vero (1945) 저자입니다. 1936년 50세의 나이에 에스페란토를 배웠고 곧 덴마크 에스페란티스트 신문의 편집자가 되었으며 몇 년 동안 코펜하겐 에스페란토 클럽(KEK)의 회장을 역임했습니다. 핀란드의 수도 헬싱키와 베일레 라는 도시에서 열린 국제 에스페란토 강좌를 지도했습니다.

번역자의 말

『진실의 힘』은 순수한 사랑 이야기입니다.
이 책을 구매하신 모든 분께 감사드립니다.
이 책은 한국에스페란토협회 경남/부산지부에서 1984년 신정화, 이은숙, 허성 선생님이 공동번역하여 PDF 판으로 배포하였고, 이후 한국에스페란토협회 대구/경북지부에서 2000년 정지윤, 최복립, 정연주, 남경자, 이해진, 박미경 선생님이 공동번역하여 소책자로 제본한 바 있습니다.
진달래 출판사에서 정식으로 책 발간을 원하는 독자들이 많아 번역작업을 추진하던 중 위 두 자료를 입수하였습니다. 그래서 두 자료를 참고하여 새롭게 번역하게 되었습니다.
친구의 시기, 질투로 사랑의 편지가 당사자에게 전해지지 않았지만, 결국 진실의 힘으로 사랑하는 두 사람은 돌고 돌아 다시 사랑하게 되는, 어쩌면 현실에서는 불가능한 이야기입니다. 읽는 내내 마음이 착잡해졌습니다.
하지만 에스페란토를 매개로 하여 사건이 진행되면서 행복한 결말을 가져오는 이야기에 기분이 좋아졌습니다. 초보자를 위해 읽기 쉬운 책으로 만들었기에 단어와 문법이 부담스럽지 않아 에스페란토를 배우는 누구라도 며칠 만에 쉽게 읽을 수 있습니다.
책을 읽고 번역하면서 다시 읽게 되고, 수정하면서 다시 읽고, 책을 출판하기 위해 다시 읽고, 여러 번 읽게 되어 저는 아주 행복합니다. 오기숙 님(Granda)의 도움에도 감사드리며 모두에게 임인년 새해 복많이 받으시기를 바랍니다.

오태영(mateno, 진달래 출판사 대표)

목차(Enhavo)

제1장 비르기트와 올레

여름이고 휴가다. **비르기트**와 **올레**는 푸른 숲에 앉아 있다. 새들은 노래한다. 그들의 마음도 또한 노래한다. 그들은 말을 하지 않는다. 그러나 그녀는 기쁜 마음으로 기다린다. 그녀는 자기를 사랑한다는 그의 말을 기다린다. 그는 아주 작은 소리로 말하기 시작한다.
그러나 바로 그때 어느 아가씨가 온다.
그녀의 이름은 **에스테르**이다.
"아! 두 분을 여기서 찾게 됐군요. 나는 두 분을 찾고 있었지요. 오늘 나는 초대를 받았어요. 비르기트, 넌 내일 우리를 떠날 테니까, 우리 함께 사람들이 마련해 놓은 에스페란토 축제에 가야 해."
"올레, 당신도 우리와 함께 가시겠어요?" 에스테르가 잠시 후 묻는다.
"예, 기꺼이 가겠습니다." 올레가 대답한다.
"그러면 두 분 다 갑시다.
우리는 옷을 갈아입어야 해요."
아쉬워하며 그들은 그 아름다운 숲을 떠난다. 그러나 비르기트는 생각한다.
'오늘 저녁에 그는 나에게 중요한 말을 할 거야!'

UNUA ĈAPITRO

Estas somero kaj ferio. Birgit kaj Ole sidas en la verda arbaro. La birdoj kantas. Ankaŭ iliaj koroj kantas. Ili ne parolas, sed kun ĝojo ŝi atendas. Ŝi atendas liajn vortojn, ke li amas ŝin. Li komencas paroli tre mallaŭte, sed en la sama momento venas fraŭlino. Ŝia nomo estas Ester.

- Ho! Mi trovas vin ambaŭ ĉi tie. Mi serĉis vin. Hodiaŭ mi ricevis inviton. Ni devas partopreni Esperantan feston, kiun oni aranĝis, ĉar vi morgaŭ forlasos nin, Birgit.

- Ĉu vi volas iri kun ni, Ole? demandas Ester post momento.

- Jes, volonte respondas Ole.

- Do venu ambaŭ. Ni devas vesti nin.

Kun malĝojo ili forlasas la belan arbaron, sed Birgit pensas:

- Hodiaŭ vespere li diros al mi la gravajn vortojn!

제2장 올레의 편지

젊은 의사 올레 담은 거울 앞에 서서 자신을 바라본다. ‘그녀는 나를 사랑할까?’
그는 스스로 묻는다. 그는 모른다.
그러나 그는 바란다. ‘나는 그녀에게 묻고 싶다. 하지만 내일 그녀는 떠날 것이다. 그러니 오늘 저녁에 나는 내 운명을 알아야 한다.’
전화가 울린다.
누군가가 몹시 아픈 늙은이에게로 곧 와 달라고 그에게 부탁한다. 의무감이 그를 부른다. 그는 자신에 대해 생각할 권리가 없다. 그러니 그는 그 축제에 참여할 수도 없고 비르기트에게 물어볼 수도 없을 것이다.
그는 편지를 쓴다.
에투르브, 7월 2일
친애하는 비르기트!
나는 다만 젊은 의사일 뿐이고, 지금까지의 내 급료는 아주 적습니다. 그러나 삼 년 뒤면 훨씬 더 많은 급료를 받으리라고 기대합니다. 나는 이미 오랫동안 당신을 사랑합니다. 당신은 내 아내가 되어 주겠습니까? 당신이 그렇다고 대답해 준다면 나는 매우 행복할 것입니다. 당신은 이 세상에서 가장 소중한 사람입니다. 당신도 나를 사랑한다면, 나는 당신의 빠른 대답을 기다리며, 당신을 위해 일하려 합니다.

DUA ĈAPITRO

La juna kuracisto Ole Damm staras antaŭ la spegulo kaj rigardas sin mem. - Ĉu ŝi amas min ? - li demandas al si. Li ne scias, sed li esperas. - Mi volas demandi ŝin. Sed morgaŭ ŝi vojaĝos, do jam hodiaŭ vespere mi devos scii mian sorton. La telefono sonoras.
Oni petas al li tuj veni al maljuna sinjoro, kiu estas tre malsana. La devo vokas lin. Li ne rajtas pensi pri si mem.
Do li ne povos partopreni la feston, kaj li ne povas demandi Birgit. Li skribas leteron:
Eturb, la duan de julio.
Kara Birgit!
Mi estas nur juna kuracisto, kaj ĝis nun mia salajro estas nur tre malgranda. Sed mi esperas, ke post tri jaroj mi havos multe pli grandan salajron.
Jam dum longa tempo mi amas vin. Ĉu vi volas esti mia edzino? Mi estos tre feliĉa, se vi diros "jes". Vi estas la plej kara homo en la tuta mondo. Se ankaŭ vi amas min, mi atendas vian baldaŭan respondon, kaj mi volas labori por vi.

나는 당신을 행복하게,
아주 행복하게 해 드리고 싶습니다.
진심으로 당신에게 인사하고 바라며
당신의 올레.

그는 자기 가정부에게, 비르기트가 사는, 에스테르의 집으로 가서 비르기트에게 편지를 주고, 왜 자기가 그 축제에 갈 수 없는지를 이야기하라고 부탁한다.

Mi volas fari vin feliĉa, tre feliĉa.
Kore salutas vin kaj esperas
Via Ole.

Li pestas al sia servistino iri al la domo de Ester, kie loĝas Birgit, kaj doni al Birgit la leteron kaj rakonti, kial li ne povas veni al la festo.

제3장 에스테르의 모략

에스테르는 문 안에 서 있다.
그녀의 가슴은 세게 뛰고 뺨은 빨갛다.
그녀에게 올레의 가정부가 편지를 주었다.
그녀도 그 의사를 사랑한다. 그리고 지금 그녀는 그가 비르기트에게 편지 쓴 것을 보았다.
그녀는 자기 손으로 봉투를 받아든다. 잠시 후에 그녀는 그 편지를 열어서 읽는다. 그녀는 이제 화가 났다.
'왜 그는 나를 사랑하지 않지? 나도 비르기트만큼 예쁘고, 그녀가 이리로 오기 전에는 그는 언제나 나와 함께 산책했는데.'
그때 비르기트가 온다. 에스테르는 급히 그 편지를 제 호주머니에 감춘다. 그들은 함께 축제에 간다.
저녁 내내 비르기트는 헛되이 기다린다. 올레는 오지 않는다. 그녀는 다른 젊은 남자들과 춤추고 싶지 않다. 올레에 대해서만 그녀는 생각한다. 나쁜 마음으로 에스테르는 그녀를 바라본다.
그러나 그 편지에 대해서, 또 올레의 가정부가 한 말에 대해서는 아무 말도 하지 않는다. 비르기트가 떠나 버렸을 때 올레가 자기에게 다시 관심을 가질 것이라고 에스테르는 기대한다.
'그렇다면 내가 그를 오해했구나.'라고 비르기트는 생각 한다.

TRIA ĈAPITRO

Ester staras en la pordo. Ŝia koro batas forte, kaj la vangoj estas ruĝaj. Al ŝi la servistino donis la leteron. Ankaŭ ŝi amas la kuraciston, kaj nun ŝi vidas, ke al Birgit li skribis.
Ŝi turnas la koverton en siaj manoj. Post momento ŝi malfermas ĝin kaj legas la leteron. Kolera ŝi nun estas.
- Kial li ne amas min? Mi estas same bela kiel Birgit. Antaŭ ol ŝi venis ĉi tien. li ĉiam promenis kun mi.
En tiu momento venas Birgit. Rapide Ester kaŝas la leteron en sian poŝon. Kune ili iras al la festo.
Dum la tuta vespero Birgit vane atendas. Ole ne venas. Ŝi ne ŝatas danci kun la aliaj junaj sinjoroj. Nur pri Ole ŝi pensas. Kun malbona konscienco Ester rigardas ŝin, sed nenion ŝi diras pri la letero, ankaŭ ne pri la vortoj de la servistino de Ole. Ester esperas, ke Ole denove interesiĝos pri ŝi, kiam Birgit estos for.
- Do, mi tamen miskomprenis lin - pensas Birgit.

그리고 젊은 가슴에 아픔을 안고 그녀는 다음 날 아침 다섯 시에 벌써 그 도시를 떠나 영국으로 간다.
그녀가 에스테르에게 속삭여 한 말은 이러했다.
"올레에게 말해줘, 내가 처음 두 주일 동안 **도르체스트** 호텔에 묵을 거야."
두 주일이 지났다.
그녀는 올레에게서 아무것도 듣지 못했다.
그러나 그에 대한 기억은 언제나 자기 마음속에 간직해 두었다.
덴마크에서 에스테르는 올레의 마음을 얻으려고 애썼으나 허사였다. 그녀는 비르기트의 새 주소에 대해 말하지 않았다. 올레는 슬픈 마음으로 **에투르브**를 떠났다. 그는 코펜하겐으로 가서 그녀를 잊으려고 부지런히 일했다. 그는 왜 비르기트에게서 아무런 답을 받지 못했는지 전혀 알 수 없었다.
그 뒤로 그는 젊은 아가씨들에 대해서는 통 마음이 끌리지 않았고, 자기 일에만 열중했다.
그는 유능하고 유명한 의사가 되었다.
그는 자주 가난한 사람들을 거저 도와주었다. 그들은 그를 사랑했고, 그것이 그의 아픔을 달래 주었다.

Kaj kun doloro en sia juna koro ŝi forlasas la postan tagon jam je la kvina en la mateno la urbon kaj vojaĝas al Anglujo. La lastaj vortoj, kiujn ŝi flustras al Ester, estas :

- Diru al Ole, ke mi loĝos en hotelo "Dorĉester" dum la unuaj du semajnoj.

Du semajnoj pasis. Nenion ŝi aŭdis de Ole, sed la memoron pri li ŝi ĉiam konservis en sia koro.

En Danlando Ester klopodis akiri la animon de Ole, sed vane. Ŝi ne rakontis pri la nova adreso de Birgit. Ole estis malfeliĉa kaj forlasis Eturb. Li iris al Kopenhago, kiel li diligente laboris, ĉar li deziris forgesi ŝin. Li ja ne komprenis, kial li neniun respondon ricevis de Birgit.

Post tiu tempo li neniel interesiĝis pri la junulinoj, sed nur pri sia laboro. Li fariĝis lerta kaj fama kuracisto. Ofte li senpage helpis malriĉuloj. Ili amis lin, kaj tio mildigis lian doloron.

제4장 간호사 비르기트

세월이 흘렀다. 여러 해가.
영국 병원에서 비르기트는 간호사로 일하고 있다. 그녀는 이미 서른다섯이다. 이미 십 년 동안 같은 병원에서 일한다. 그녀는 피로하고, 자주 덴마크로 돌아가고 싶어 한다. 그녀는 에스테르의 편지를 자주 받았지만 한 번도 올레에 관해서는 써 오지 않았다. 그는 결혼했을까? 그녀는 덴마크의 잡지에서 그의 일에 대해서 읽었기에 그가 살아있다는 것을 알고 있다.
이미 여러 해 전에 에스테르는 부유한 큰 농장 주인의 아내가 되었다. 지금 그들에게는 열여섯 살 난 딸이 있다.
그들은 자주 비르기트를 초대했지만, 그녀는 지금까지 응할 용기가 없었다. 그녀는 올레와 함께 마지막 말을 나누었던 그곳을 다시 보기가 두려운 것이다.
결코 그녀는 자신의 첫사랑을 잊을 수가 없다.
매우 아름답고 매력적이었으며, 그리고 자신의 갸름한 얼굴을 감싸고 있는 검은 곱슬머리를 가진 그녀는 얼마나 젊은 아가씨였던가! 숱한 젊은이가 그녀의 파란 눈을 깊이 들여다보았지만, 결코 그녀의 새로운 사랑을 깨우는데 성공하지 못했다. 그녀는 단 한 번 사랑하고 평생 그 사랑에 충실히 남아 있는 그런 사람 가운데 하나이다.

KVARA ĈAPITRO

Jaroj pasis. Multaj jaroj.
En angla hospitalo Birgit laboras kiel flegistino. Ŝi jam havas tridekkvin jarojn. Jam dum dek jaroj ŝi laboras en la sama hospitalo. Laca ŝi estas, kaj ofte ŝi deziras revojaĝi al Danlando. Ofte ŝi ricevis leteron de Ester, sed neniam ŝi skribis pri Ole. ĉu li edziĝis? Sĉi scias, ke li vivas, ĉar en danaj gazetoj ŝi legis pri lia laboro.
Jam antaŭ multaj jaroj Ester fariĝis edzino de riĉa grandbienulo. Nun ili havas filinon 16-jaran. Ili ofte invitis Birgit al si, sed ŝi ĝis nun ne kuraĝis. Ŝi timas revidi la lokon, kiel ŝi parolis la lastajn vortojn kun Ole. Neniam ŝi povas forgesi sian unuan amon …
Kiel junulino ŝi estis treege bela kaj ĉarma kaj havis nigrajn buklojn, kiuj ĉirkaŭis ŝian korforman vizaĝon. En ŝiajn bluajn okulojn multaj junuloj tro profunde rigardis. Neniam ili sukcesis veki en ŝi novan amon. Ŝi estas unu el tiuj homoj, kiuj nur unu fonon amas kaj restas fidelaj al tiu amon dum la tuta vivo.

지금 그녀의 머리는 이미 회색이 되기 시작한다. 그러나 아직도 그녀는 아름답다. 그녀의 몸매는 아름답고 날씬하다. 올레에 대한 그리움은 그녀를 씁쓰레하고 퉁명스럽게 만들지 않았고, 그녀의 눈에, 아직도 그녀를 더욱 원하게끔 만드는 부드러운 호감을 주었다.

그녀는 자신의 환자들을 착한 마음씨로 보살폈으며, 참을성 있게 자신의 운명을 견디었다.

Nun ŝiaj haroj jam komencas fariĝi grizaj. Tamen ankoraŭ ŝi estas bela. Ŝia staturo estas bela kaj svelta. La sopiro al Ole ne faris ŝin amara kaj malafabla, sed donas al ŝiaj okuloj mildan kaj plaĉan esprimon, kiu faras ŝin ankoraŭ pli dezirinda. Bonkorecon kaj zorgemon ŝi montras al siaj malsanuloj, kaj pacience ŝi portas sian sorton.

제5장 에스테르의 죽음

에스테르의 남편인 큰 농장 주인은, 어느 날 자기 차를 타고 가까운 소도시로 갔다. 그런데 사고가 생겼다. 그는 몹시 다쳤다. 며칠 뒤 그는 죽었다.
에스테르는 진심으로 애도했다. 그는 그녀에게 훌륭한 남편이었고 그녀는 언제나 그를 좋아했기 때문이었다. 그는 그녀와 딸에게 그들이 바라는 거의 모든 것을 주었다. 그러나 그녀는 그를 사랑하지 않았다. 올레를 그녀는 잊지 못했다.
에스테르는 남편이 죽은 지 반년 뒤에 자기의 큰 농장으로 올레를 초청했으나 그는 오지 않았다. 그는 이전에 비르기트를 만났던 그곳을 다시 보기가 두려웠다. 하지만 그는 그것을 글로 써 보내지는 않았다. 그는 휴가를 보낼 시간이 없다고만 썼다.
그다음 겨울에 에스테르는 코펜하겐으로 가서 시누이를 찾아보았다. 그들은 몇 번 에스페란토 클럽의 모임에 같이 가 보았다.
자멘호프 축제때 그녀는 거기서 올레를 만난다. 그들은 다시 만나서 기뻐한다.
올레는 비르기트에 대해서도 용기를 내어 물어왔고, - 여기서 그가 묻는 태도로 보아 - 에스테르는 아직도 그는 비르기트를 사랑하고 있으며 자기는 그의 마음을 결코 바랄 수 없다는 것을 곧 이해한다.

KVINA ĈAPITRO

La grandbienulo, la edzo de Ester, iun tagon veturis en sia aŭtomobilo al proksima urbeto. Akcidento okazis. Li danĝere vundiĝis. Kelkajn tagojn poste li mortis. Ester sincere funebris, ĉar li estis al ŝi bonkora edzo, kaj ŝi ĉiam ŝatis lin. Li donis al ŝi kaj al ilia filino preskaŭ ĉion, kion ili deziris. Sed ŝi ne amis lin. Ole ŝi ne forgesis. Duonan jaron post la morto de sia edzo Ester invitis Ole al sia grandbieno, sed li ne venis. Li timis revidi la lokon, kiel li jam renkontis Birgit. Sed tion li ne skribis. Li skribis nur ke li ne havas tempon por ferii.

La postan vintron Ester do vojaĝis al Kopenhago, kiel ŝi vizitis fratinon de sia edzo. Kune ili kelkfoje vizitis la kunvenojn de la Esperanta klubo.

Ĉe Zamenhofa festo ŝi tie renkontas Ole. Ili ambaŭ ĝojas pro la revido. Ole kuraĝas demandi ankaŭ pri Birgit, kaj - laŭ la maniero, en kiu li demandas - Ester tuj komprenas, ke li ankoraŭ amas Birgit, kaj ke ŝi neniam povas esperi pri lia koro.

그런데도 그녀는 자신이 비르기트에게 주지 않았고, 그래서 아직도 자기 서랍에 있는 편지에 관해서는 이야기하지 않는다.
지금 후회는 하고 있지만, 그녀는 자신이 저지른 나쁜 짓을 고백할 용기는 없다.
농장으로 돌아와서 그녀는 앓게 되고, 그 상태는 점점 무거워 간다.
폐렴은 빠르게 그녀의 저항력을 앗아간다.
죽기 이틀 전에 그녀는 딸 한네를 불러서, 되도록 빨리 와 달라고 비르기트에게 전보칠 것을 부탁한다.
에스테르는 자기의 죄를 고백하기로 하지만 너무 늦었다. 같은 날, 그녀는 자신이 오래 살 수 없음을 느끼고, 자기 변호사를 부른다.
마지막 힘으로, 그녀는 변호사에게 유언을 받아쓰게 한다. 거기에서 그녀는 비르기트가 걱정 없이 살 수 있을 만큼 많은 평생의 수입을 비르기트에게 줄 것이며 한네가 성년이 될 때까지 한네의 보호자가 되어 달라고 부탁한다.
떨리는 손으로 그녀는 비르기트에게 "너는 나를 용서해 줄 수 있겠니?"라고 쓴 다음 그러한 몇 마디를 쓴 종이를 봉투에 넣고 올레의 오래된 편지도 역시 그 안에 넣는다. 그녀는 이미 한네에게 서랍에서 그것을 꺼내오도록 했기에.

Tamen ŝi ne rakontas pri la letero, kiun ŝi ne donis al Birgit, sed kiu ankoraŭ kuŝas en ŝia tirkesto. Ŝi ne kuraĝas konfesi sian malbonan konduton, kvankam ŝi nun bedaŭras, kion ŝi faris.

Reveninte al la bierno ŝi fariĝas malsana, kaj ŝai stato fariĝas pli kaj pli grava. Pulminflamo rapide finas ŝian rezistkapablon. Du tagojn antaŭ sia morto ŝi alvokas sian
filinon, Hanne, kaj petas al ŝi telegrafi al Birgit, ke ŝi tuj venu, se estos eble al ŝi. Ester decidas konfesi sian pekon - sed tro malfrue.

La saman tagon ŝi sentas, ke ŝi ne longe povos vivi, kaj ŝi do alvokas sian advokaton. Per siaj lastaj fortoj ŝi diktas al li testamenton, en kiu ŝi donacas al Birgit dumvivan renton tiel grandan, ke Birgit senzorge povos vivi, kaj petas ŝin esti zorgantino por Hanne, ĝis kiam ŝi fariĝos plenaĝa. Kun tremanta mano ŝi skribas al Birgit: "Ĉu vi povas pardoni min?" kaj metas la paperon kun tiuj malmultaj vortoj en koverton, en kiun ŝi metas ankaŭ la malnovan leteron de Ole, ĉar ĝin ŝi jam petis al Hanne preni el tirkesto.

그녀는 한네에게 말한다.
“네 엄마는 머지않아 너를 떠날 것이란다. 하지만 곧 비르기트 아주머니가 올 거야. 그분께 이 편지를 주어라. 그분은 너를 잘 돌봐 주실 거야. 그분께 착하고 상냥하게 해라. 네가 엄마에게 보여준 것과 같은 사랑을 보여드려라.”
그다음 날 그녀는 벌써 의식을 잃고, 이틀 뒤 그녀는 죽는다. 착하고 사려 깊은 소녀 한네는 어머니를 잃고 슬퍼한다. 그리고 어머니가 부탁한 대로 할 것을 결심한다. 장례를 마친 뒤 그 어린 소녀는 비르기트가 오기를 기다리고 있다.

Ŝi diras al Hanne:
- Via patrino baldaŭ forlason vin, sed post nelonge venos onklino Birgit. Donu al ŝi ĉi tiun leteron. Ŝi zorgos bone pri vi. Estu bona kaj afabla al ŝi. Montru al ŝi la saman amon, kiun vi montris al via patrino.
Jam la postan tagon ŝi perdas sian konscion. La duan tagon ŝi mortas. Hanne, kiu estas bona kaj prudenta knabino, funebras pro la perdo de sia patrino, kaj decidas fari tion, kion tiu petis. Post la entombigo la juna knabino atendas la alvenon de Birgit.

제6장 비르기트의 귀국계획

비르기트는 작고 깨끗한 방에 앉아 있다. 여러 달 동안 그녀와 유능한 의사들이 마비에서 구하기 위해 애써왔던 스물두 살의 젊은이가 한 시간 전에 죽었다. 그들은 그를 살리기 위해 모든 시도를 다 했으나 소용이 없었다. 그는 학생이었고, 그의 어머니는 커다란 희생으로 그의 학비를 대어왔다. 지금 그 불쌍한 어머니는 죽은 자기 아들 옆에 앉아 있다.

비르기트는 한숨을 쉰다. 얼마나 자주 그녀는 죽음의 힘을 보아왔던가. 물론 의사들은 자주 이겼고, 노련한 솜씨로 그 환자들을 구해냈다. 그러나 갑자기 그녀에게 자기 일을 지탱할 수 없어 보인다. 그녀는 좀 더 쉬운 삶을 열망한다. 그녀는 그렇게 자주 죽음을 보아 왔기에 피곤해졌다.

'나는 평생 여기에 남아 있어야 할까?' 그녀는 생각한다. '나는 결코 나만의 가정을 꾸미지 못하게 될까?'

그녀는 아이들을 사랑한다. 그리고 그녀는 작은 보육원을 세우는 것에 대해 자주 생각했다. 그러나 그녀에게는 돈이 없다. 그녀는 조국으로 돌아가기를 열망할 뿐 아니라 그곳에 보육원까지 세웠으면 한다.

'그럴 수 있을까?' 그녀는 덴마크에 있는 자기의 부자 친구에 대해서 생각한다.

'그녀는 내 생각에 관심을 보일까?'

SESA ĈAPITRO

En malgranda pura ĉambro sidas Birgit. Antaŭ unu horo moris 22-jara junulo, kontraŭ kies paralizo ŝi kaj lertaj kuracistoj bataladis dum monatoj. Ĉion ili provis por savi lin, sed vane. Li estis studento, kaj per granda oferemo lia patrino pagis liajn studojn. Nun la kompatinda patrino sidas ĉe sia mortinta filo.

Birgit ĝemas. Kiel ofte ŝi vidis la fortecon de la morto. Kompreneble la kuracistoj ofte venkis kaj per lerteco savis la viktimojn. Sed subite tamen ŝia laboro ŝajnas al ŝi ne elteebla. Ŝi sopiras al pli facila vivo. Ŝi laciĝis, ĉar ŝi tiel ofte renkontis la morton.

- Ĉu mi restu ĉi tie dum mia tuta vivo? - ŝi pensas. - Ĉu neniam mi havos mian propran hejmon? Ŝi amas infanojn, kaj ofte ŝi pripensas fondi malgrandan infanhejmon. Sed mankas al ŝi mono. Krome ŝi sopiras al sia patrujo kaj prefere havos la infanhejmon tie.

Ĉu tio estus ebla? - Ŝi pensas pri sia riĉa amikino en Danlando. - Ĉu ŝi montros intereon pri ŝia ideo?

그녀는 그 친구에게 편지를 쓰려고 종이와 만년필을 꺼낸다. 누군가가 문을 두드린다.
"들어오셔요!" 그녀는 말한다. 간호수습생이 한네의 전보를 가지고 들어온다. '그녀가 방금 그 친구에 대해 생각했었다니 참 이상한 일이다.'
그녀는 급히 전보를 펼친다.
급래 모친 위독
한네
이것이 내용이다. 죽음! 죽음! 죽음! 어디서나 언제나! 그녀 자신은 아직 한 번도 마음껏 살아보지 못했다. 울면서 그녀는 그 전보를 내팽개친다. 에투르브에서의 즐거운 한때는 결코 돌아오지 않을 것이다.
슬퍼하면서 그녀는 몇 분간을 앉아 있다. 그러나 그녀는 기운을 되찾는다. '나는 교수님께 가야겠다. 그는 내가 곧 여행할 수 있도록 도와주셔야만 해.'
그녀는 눈을 닦고, 아직도 아름다운 곱슬머리를 매만지고는 단호한 걸음으로 교수에게 간다. 다시 그녀는 자기 자신을 잊고 아픈 친구만을 생각한다. 용기를 내어 그녀는 문을 두드리고 그 교수의 연구실로 들어간다. 약간 성급한 눈길로 그는 비르기트를 바라보았으나, 그녀를 알아보고는 그의 얼굴은 금방 부드러워진다.
"앉아요." 하고는 그는 조심스레 안락의자를 자기 책상 쪽으로 당긴다. 그는 중요한 동기가 있어서 그녀가 찾아오게 됐으리라는 것을 안다.

Ŝi prenas paperon kaj sian fontoplumon por komenci leteron al la amikino. Iu frapas la pordon. - Envenu! - ŝi diras. Flegistina lernanto envenas kun telegramo de Hanne. - Kiel strange, ke ŝi ĵus pensis pri sia amikino! Rapide ŝi malfermas la telegramon:
Venu tuj. Panjo mortonta. Hanne.
Jen la enhavo. Morto! Motro! Morto! Ĉie kaj ĉiam! Ankoraŭ neniam ŝi mem vere vivis. Plorante ŝi ĵetas for de si la telegramon. Neniam revenos la gaja tempo en Eturb.
Malĝoja ŝi sidas kelkajn minutojn. Tamen ŝia energio revenas. Mi iros al la proferoso. Li devas helpi min, por ke mi tuj povu vojaĝi.
Ŝi sekigas siajn okulojn, aranĝas siajn ankorau belajn harbuklojn kaj iras per decidaj paŝoj al la profesoro. Denove ŝi forgesas sin mem kaj pensas nur pri sia malsana amikino. Kuraĝe ŝi frapas la pordon kaj eniras en la laborĉambron de la profesoro. Iom senpacience li rigardas al Birgit, sed rapide lia vizaĝo mildiĝas, kiam li rekonas ŝin. - Sidiĝu - li petas, kaj zorge li tiras komfortan seĝon al sia skribotablo. Li scias, ke nur grava motivo instigis ŝin veni.

“내가 무언가 당신을 도울 수 있을까요?” 그는 진심으로 묻는다.
비르기트는 아픈 친구와 덴마크에 대한 그리움과 자신의 피곤함에 대해 말한다.
“지금 우리가 당신을 잃어야 한다니, 나는 매우 슬픕니다. 우리는 당신의 헌신적인 수고를 존경하기 때문입니다. 그러나 나는 당신을 이해하며 물론 당신을 곧 자유롭게 해 드리겠습니다. 그러나 당신은 거기로 떠날 충분한 돈을 가지고 있습니까?”
비르기트는 얼굴을 붉힌다. 그녀는 자기 일의 대가로 충분한 급료를 받았다. 그러나 그녀 자신이 필요로 하지 않는 돈을, 요양원에 머물러야 하지만 스스로 돈을 댈 수 없는 가난한 환자들에게 언제나 주어버렸다.
교수는 똑바로 그녀를 바라본다.
“아마 덴마크 영사는 제게 충분한 돈을 빌려줄 수 있을 것입니다.” 그녀는 작은 소리로 대답한다.
“그리고 덴마크에 도착하고 난 뒤, 저는 곧 그 돈을 갚을 수 있도록 해보겠습니다.”
“나는 다른 제안이 있습니다.” 교수는 말한다.
“내 아내의 아주머니는 자기 아들이 있는 덴마크로 가서 아들 곁에서 지내고 싶어 합니다. 오늘 그분은 자신을 동반하며 도와줄 젊은 여자를 구하기 위하여, 어떤 잡지에 광고를 냅니다. 그분은 적은 급료 외에 무료의 왕복 여행을 약속합니다.

- Per kio mi povas helpi vin? - li kore demandas. Birgit rakontas pri la malsana amikino, pri sia sopiro al Danlando kaj pri sia laceco. - Mi treege malĝojas, ke ni nun devas perdi vin, ĉar ni ŝatas vian sindonan laboron, sed mi vin komprenas, kaj kompreneble tuj liberigos vin. Sed ĉu vi havas sufiĉe da mono por la vojaĝo? Birgit ruĝiĝas. Sufiĉe grandan salajron ŝi ricevis por sia laboro, sed tion, kion ŝi mem ne bezonis, ŝi ĉiam fordonis al malriĉaj malsanuloj, kiuj bezonis restadon en iu refortiga hejmo, kaj kiuj ne mem povis pagi.
La profesoro fikse rigardas ŝin.
- Eble la dana konsulo povos pruntedoni al mi sufiĉe da mono - ŝi mallaŭte respondas, - kaj reveninte en Danlandon mi provos baldaŭ repagi la sumon. - Mi havas alian propronon - diras la profesoro. - Onklino de mia edzino deziras vojaĝi al Danlando, kiel ŝi havas filon, ĉe kiu ŝi volas resti. Hodiaŭ ŝi havas anoncon en iu gazeto por havigi al si junan virinon, kiu volas akompani kaj helpi ŝin. Ŝi promesas senpagon vojaĝon tien kaj reen krom malgrandan salajron.

그분이 간호사를 더 좋아할 것은 의심할 바 없습니다. 만약 당신이 원한다면 나는 당신을 위해 그 일을 맡아 처리하겠습니다. 오늘은 월요일입니다. 오는 금요일이면 그녀는 떠날 것입니다. 내가 곧 그분께 전화를 걸까요. 그분을 만족시켜 드리기는 조금 힘듭니다만 당신은 정말 참을성 있고 사려 깊습니다. 그 여행은 며칠 동안이면 됩니다. 그 뒤에 당신은 자유로워질 것이고 아픈 친구를 찾아갈 수 있을 것입니다."

비르기트는 그 친절한 제의를 감사하게 받아들인다.

교수는 전화한다. 그리고 그 아주머니는 그날 저녁에 비르기트를 만나보고자 한다.

그녀는 일어서서 교수에게 악수하며 자신이 그의 곁에서 일했던 긴 기간에 대해 그에게 감사한다. 그는, 아마도 그녀는 언제고 일없이는 못살 것이라고 농담하면서 대답한다. 그는 그녀가 곧 돌아오기를 바라며, 그리고 자신이 일하는 곳이면 어디서나 항상 그녀의 일거리가 기다릴 거라고 덧붙인다.

"나는, 당신이 너무 오랫동안 멀리 떠나있기를 바라지 않기에 당신에게 '또 봅시다'하고 인사합니다. 그리고 당신이 장래에 대해 무엇인가를 알게 되면 나에게 편지 써주기를 부탁합니다."

그 마음씨 좋은 교수는 대화를 마친다.

그녀의 손을 잡고서 그는 비르기트에게 좋은 여행이 되기를 빈다.

Ne povas esti dubo pri tio, ke ŝi preferas flegistinon. Do, se vi deziras tion, mi ordigos la aferon por vi. Hodiaŭ estas lundo. La venontan vendredon ŝi jam vojaĝos. Ĉu mi tuj telefonu al ŝi? Ŝi estas iom malfacile kontentigebla, sed vi ja estas pacienca kaj prudenta. La vojaĝo ja daŭros nur kelkajn tagojn. Post tio vi estos libera kaj povos viziti vian malsanan amikinon.
Birgit danke akceptas la afablan proponon.
La profesoro telefonas, kaj la onklino deziras vidi Birgit la saman vesperon.
Ŝi ekstaras, donas sian manon al la profesoro kaj dankas lin pro la longa tempo, dum kiu ŝi laboris ĉe li. Li respondas ŝercante, ke ŝi verŝajne ne por ĉiam povos esti sen sia laboro. Li esperas, ke ŝi baldaŭ revenos, kaj aldonas, ke ĉiam ŝia laboro atendos ŝin, kie ajn li mem laboros.
- Do mi diras al vi "ĝis revido", ĉar espereble vi ne restos tro longe for. Sed mi petas vin, skribu al mi, kiam vi scios ion pri la estonteco, - finas la bonkora profesoro la interparoladon.
Premante ŝian manon li deziras al Birgit bonan vojaĝon.

제7장 노부인과 계약

저녁 여덟 시다. 비르기트는 병원에서 저녁 일을 마치고, 노부인을 찾아가기 위해 옷을 차려입었다.
그녀는 수수하지만 잘 재단된 외출복을 입는다.
그녀는 전차를 타고 교수가 알려준 부유한 노부인이 사는 '**러셀 스퀘어**'에 있는 집에 닿는다. 그녀의 가슴은 몹시 뛴다.
'그 부자 부인은 나를 고용할까?' 그녀는 생각한다.
그녀는 문에서 초인종을 누른다. 문이 열리지만 아무도 보이지 않는다. 머뭇거리며 그녀는 들어간다. 문지기가 창문을 열고, 누구를 찾느냐고 묻는다.
"저는 **스멜** 부인을 찾아봐야 합니다."
"그분은 일 층에 살고 계십니다."
곧 비르기트는 크고, 아름답게 장식된 응접실에 섰는데, 거기에는 불쾌한 표정을 한 노부인이 앉아있다.
비르기트는 제 이름을 말한다.
"저는 밀러 교수께서 전화하셨던 간호사 비르기트 할입니다. 저는 기꺼이 부인을 동반하여 돕겠습니다."
그 부인은 불만스럽게 그녀를 쳐다본다.

SEPA ĈAPITRO

Estas la dudeka horo. Birgit finis sian vesperan laboron en la malsanulejo kaj vestis sin por viziti la maljunan sinjorinon.
Ŝi portas modestan, sed bone fasonitan promenkostumon.
Per tramon ŝi atingas la domon en "Russel square", kiel laŭ la informo de la profesoro la riĉa sinjorino loĝas. Ŝia koro batas forte.
- Ĉu la riĉulino dungos mn? - ŝi pensas.
Ŝi sonirigas ĉe la pordo. Ĝi malfermiĝas, sed neniun ŝi vidas. Timante ŝi eniras. Pordisto malfermas fenestron kaj demandas, kun kiu ŝi deziras paroli.
- Mi devas viziti sinjorinon Smell.
- Ŝi loĝas en la unua etaĝo.
Baldaŭ Birgit staras en la granda, bele meblita salono, kie sidas maljuna sinjorino kun malbonhumora mieno. Birgit diras sian nomon.
- Mi estas Birgit Hall, la flegistino, pri kiu profesoro Miller telefonis al vi. Volonte mi akompanos kaj helpos vin.
La sinjorino malkontente rigardas ŝin.

"당신은 마르고 창백하군요. 당신은 튼튼해 보이지 않습니다. 왜 헨리는 나에게 저런 무능한 사람을 보냈을까? 나는 무슨 일이든 견딜 사람이 필요한데. 당신은 아마도 쉽게 뱃멀미하겠지요. 아니, 왜 아무 말도 없는 거요. 언어장애인인가요?"

그런 불쾌한 환영 인사가 계속되는 동안에도 비르기트는 자제력을 잃지 않는다. 그녀는 간호사로 일하는 동안 그런 사람을 자주 보아왔다. 그녀는 화내지 않았고 언제나 그들을 가엾이 여겼다. 상냥하게 그녀는 대답한다. "저는 여러 해 동안 간호사로 일했지만 한 번도 아팠던 적이 없었습니다. 당신을 만족시키도록 최선을 다하겠습니다."

"당신은 최선을 다하리라고 합니다. 모두 말이야 그렇게 하지요. 그렇지만 나중에 그들은 자신만을 생각하고, 자신만을 돌본답니다. 그렇다고 당신보다 더 나은 말을 했던 사람도 없었어요. 그러면 당신을 고용하겠습니다만, 만약 당신이 내게서 무엇을 훔치기라도 하면, 나는 당신을 곧 고발한다는 것을 기억해 둬요."

"나는 한 번도 훔친 적이 없습니다."라고 비르기트는 말하고 나가려고 몸을 돌린다. "참으로 어처구니가 없군요. 아주머니를 모실 다른 사람을 고용하실 수 있을 겁니다." "아, 나는 당신이 훔칠 거라고는 말하지 않았어요. 하지만 요즈음에는 많은 사람이 남의 물건을 훔칩니다. 당신은 그냥 남아도 좋아요."

- Vi estas maldika kaj pala. Vi ne aspektas forta . Kial Henry sendas al mi tian nekapablan homon? Mi bezonas fraŭlinon, kiu povas ion elteni. Vi verŝajne facile fariĝas marmalsana. Nu, kial vi diras nenion. Ĉu vi estas muta?
Dum tiu malagrabla bonvensaluto Birgit retrovas sian sinregon. Ofte dum sia laboro kiel flegistinio ŝi renkontis tiajn homojn. Ŝi ne koleriĝis, sed ĉiam bedaŭris ilin. Afable ŝi respondas:
- Dum multaj jaroj mi laboris kiel flegistino, kaj neniam mi estis malsana. Mi volas fari ĉion por dontentigi vin.
- Vi volas fari ĉion. Tion ĉiuj diras, kaj poste ili pensas nur pri si mem, zorgas nur pri si mem. Sed proponis sin neniu pli bona ol vi. Do mi dungas vin, sed memoru, ke se vi ŝtelos ion de mi, mi tuj denuncos vin.
- Mi neniam ŝtelis, - diras Birgit kaj sin turnas por foriri. - Tio estas tro absurda. Vi povas dungi alian personon por akompani vin.
- Nu mi ja ne diris, ke vi ŝtelos, sed nuntempe la plej multaj homoj ŝtelas. Vi povas resti.

그때 갑작스러운 심한 기침이 노부인의 숨을 거의 막는다. 비르기트는 재빨리 그녀를 도운다. 다시 동정심이 자신을 잊게 만든다. 기침이 그쳤을 때, 스멜 부인은 조금 부드러워져 그녀를 바라본다.
“아마 당신은 보기보다 훨씬 튼튼한 것 같군요. 적어도 남을 돕고자 하는 마음이 있습니다. 당신은 내가 짐 꾸리는 일을 도와서 지금 바로 여기에 남아 있을 수 있겠어요?”
“안됩니다.” 비르기트는 대답한다.
“목요일까지는 병원을 떠날 수 없습니다. 하지만 저녁마다 아주머니를 도울 수 있습니다.”
“그러면 당신이 곧 자유롭도록 내가 **헨리**에게 전화하지요.” 그리고 그녀는 전화기를 든다.
교수가 전화기 쪽으로 간다. 비르기트는 그의 목소리를 들을 수 있다. 그녀는 그가 기분 좋게 이렇게 말하는 것을 듣는다.
“할 양은 아주머니를 도울 시간이 없습니다. 하지만 우리가 내일 아주머니께 일할 아가씨를 보내겠습니다. 그녀가 아주머니를 도울 수 있을 겁니다. 저는 아주머니께 하나님께 감사드리라고 덧붙이고 싶습니다. 그분께서 아주머니께 할 양을 보내주셨으니까요. 그녀에게 잘 해 주십시오. 그렇지 않으면 우리는 더는 친하게 지낼 수 없을 겁니다. 그녀는 우리 병원의 가장 훌륭한 간호사입니다.”

Subita fortega tuso preskaŭ sufokas la maljunulinon. Birgit rapide helpas ŝin, kaj denove ŝia kompato igas ŝin forgesi sin mem. Kiam la tusatako ĉesis, sinjorino Smell iomete mildigite rigardas ŝin.
- Eble vi tamen estas sufiĉe forta. Vi almenaŭ estas helpema. Ĉu vi tuj povas resti por helpi min pri la pakado?
- Ne - respondas Birgit. - Ne pli frue ol ĵaŭdon mi povos forlasi la hospitalon, sed en la vesperoj mi povos vin helpi.
- Nu, mi telefonos al Henry, por ke vi tuj estu libera - kaj ŝi prenas la telefonon.
La profesoro venas al la telefono. Birgit povas aŭdi lian voĉon. Ŝi aŭdas lin diri bonhumore:
- Fraŭlino Hall ne havas tempon por helpi vin, sed ni sendos morgaŭ al vi nian servistinon. Ŝi povos helpi. Mi, cetere konsilas al vi danki Dion, ĉar Li sendis al vi fraŭlinon Hall. Estu bona al ŝi. Se ne, ni ne plu estos geamikoj. Ŝi estas mia plej bona flegistino.

노부인은 여전히 한참 동안 투덜댔으나 차차 조용해져서, 나중에는 겸손히 그 교수에게 감사한다.
"그러면" 하고 그녀는 비르기트 쪽으로 돌아서며 말한다. "당신은 가도 좋습니다. 그러나 목요일에는 여기로 와요. 나는 될 수 있으면 일찍 오기를 기다릴게요."
"틀림없이 오겠습니다." 비르기트는 대답한다.
"잠깐만!" 그 부인은 말하고, 서랍에서 종이를 꺼내어 만년필과 함께 비르기트에게 준다.
"이 종이 위에 써요.
나는 스멜부인을 동반하여 그녀가 여행하는 동안 돌보아줄 것을 약속합니다. 그 대가로 나는 무료 왕복 여행과 급료로 10 스텔링 파운드를 받기로 합니다.
그리고 당신이 끝까지 당신의 의무를 저버리지 않도록 당신의 이름을 써 줘요."라고 그 부인은 덧붙인다.
비르기트는 그렇게 했다. 그와 같은 쉬운 일로 해서 그만한 돈은 적지 않다고 그녀는 흐뭇하게 생각한다.
"자, 이제 됐습니다. 당신은 가도 좋아요."
병원으로 돌아와서, 비르기트는 곧 자신의 사랑하는 조국을 다시 볼 수 있다는 것을 생각하면서 기뻐한다.

La maljunulino ankoraŭ kelkajn minutojn grumblas, sed iom post iom ŝi silentas, kaj fine ŝi humile dankas la profesoron.
- Nu - ŝi diras turnante sin al Birgit, - vi povas foriri, sed venu ĉi tien ĵaudon. Mi atendas vin kiel eble plej frue.
- Mi tutcerte venos, - respondas Birgit.
- Momenton! - diras la sinjorino, prenas el la tirkesto paperon kaj donas ĝin kune kun fontoplumo al Birgit. - Skribu sur ĉi tiun paperon:
Mi promesas akompani sinjorinon Smell kaj flegi ŝin dum ŝia vojaĝo. Por tiu laboro mi ricevos senpagan vojaĝon tien kaj reen, kaj kiel salajron 10 funtojn sterlingajn.
- Kaj subskribu vian nomon, por ke vi ne lastmomente povu malplenumi vian devon - aldonas la riĉulino.
Birgit faras tion. Gaje ŝi pensas, ke tiu sumo estas ne malgranda por tiel facila laboro.
- Nun la afero estas en ordo, kaj vi povas foriri.
Reveninte al la hospitalo, Birgit ĝojas pensante, ke baldaŭ ŝi revidos sian amatan patrujon.

제8장 에스테르의 미국행

같은 때 교수의 집에서는 좋지 않은 일이 생긴다. 그가 전화기를 놓았을 때, 그의 아내가 그 간호사에 관해 묻는다. 그 교수는 자신이 그녀에 대해 아는 바를 이야기하고, 그 아주머니가 덴마크로 가는 도중 성실하고 좋은 동반자를 가질 것이라고 확신한다.

“덴마크라고요!” 그 부인은 놀라서 말한다.

“하지만 당신은, 아주머니께서 제 사촌이 약혼했다는 편지를 받고서 그 결정을 바꾸었다는 것을 알지 못하는군요.”

“그녀가 무엇이 어쨌소?”

“이미 한 달 전에 그분은 제 사촌 중 두 사람이 사는 미국으로 전보를 쳐서 될 수 있으면 그들과 같이 살고 싶다고 알렸어요. 그들은 **뉴욕**에 하숙을 치고 있고, 그녀는 그들 곁에서 자신의 여생을 마치고 싶어해요.”

“그렇다면 나는 얼마나 큰일을 저질렀나!”라고 교수는 외치고는 두 여인 사이의 일을 그만두게 하려고 다시 전화를 건다. 그러나 이미 너무 늦었다.

“그녀는 나와 함께 여행하기로 약속했어요.”라고 전화기에서 아주머니가 외친다.

OKA ĈAPITRO

En la hejmo de la profesoro okazas samtempe io malagrabla. Kiam li remetis la telefonon, lia edzino demandas lin pri la flegistino. La profesoro rakontas, kion li scias pri ŝi, kaj certigas ke la onklino havos fidelan kaj bonan helpantinon dum sia vojaĝo al Danlando.

- Danlando! - diras surprizite la edzino. - Sed ĉu vi ne scias, ke mia onklino ŝanĝis sian decidon, ĉar ŝi ricevis leteron de mia kuzo, ke li fianĉiĝis?

- Kion ŝi faris?

- Jam antaŭ unu monato ŝi telegrafis al Ameriko, kie loĝas du el miaj kuzinoj, ke ŝi prefere loĝos ĉe ili. Ili ja havas pensionon en Nov-Jorko, kaj ĉe ili ŝi volas fini siajn vivotagojn.

- Kiun malfeliĉon mi do faris - ekkrias la profesoro, kaj prenas denove la telefonon por haltigi la aferon inter la du virinoj, sed jam tro malfrue.

- Ŝi promesis vojaĝi kun mi - krias la onklino en la telefonon.

"예, 그러나 저는 그녀에게 덴마크로 간다고 약속했습니다."
"나는 그녀가 서명한 계약서를 가지고 있어요.
나는 그녀를 놓아줄 수 없어요."
오랫동안 그들은 전화로 다투었다. 그러나 노부인은, 비르기트가 약속한 계약을 이행하도록 요구할 권리가 자신에게 있다고 말한다. 실망한 그 교수는 비르기트와 이야기하기 위해 급히 병원으로 간다.
그녀는 생각에 잠겨 자기 방에 앉아 있다. 그때 교수가 도착한다. 그녀는 놀라서 그를 쳐다본다. 그녀는 그렇게 흥분한 그를 본 적이 없다.
그는 거의 말을 못 한다. 두려워하면서 그녀는 무슨 일이 일어났는가를 묻는다.
"당신은 나를 용서해 줄 수 있겠습니까? 나는 무엇을 해야 할지 모르겠습니다!"
교수가 비르기트에게 그 오해에 관해 이야기하는 동안 그녀는 창백해진다.
"하지만 물론 저는 미국으로 가고 싶지는 않습니다. 그렇게 되면 저는 정말 제 친구가 죽기 전에는 다시 볼 수가 없을 겁니다."라고 그녀는 말한다.
"당신이 그 계약서에 서명했기 때문에 당신이 어쩔 수 없이 그 일을 해야 할 것이 두렵군요, 비르기트. 나는 그녀에게 모든 제의를 다 해봤습니다.

- Jes, sed mi promesis al ŝi vojaĝon al Danlando.
- Mi havas ŝian kontrakton kun ŝia subskribo. Mi ne liberigos ŝin.
Dum longa tempo ili telefone interdisputas, sed la maljunulino diras, ke ŝi havas la rajton postuli, ke Birgit plenumu sian promeson kontraktan. Malespere la proferoso rapidas al la hospitalo por paroli kun Birgit.
Ŝi sidas revante en sia ĉambro, kiam la profesoro alvenas.
Surprizite ŝi rigardas lin. Neniam ŝi vidis lin tiom ekscitita. Li preskaŭ ne povas paroli.
Timante ŝi demandas, kio okazis.
- Ĉu iam vi povos pardoni min? Mi ne scias, kion fari!
Dum kiam la profesoro rakontas al ŝi pri la miskompreno, Birgit paliĝas.
- Sed kompreneble mi ne deziras vojaĝi al Ameriko - ŝi diras. - Tiel mi ja ne sukcesos revidi mian amikinon, antaŭ ol ŝi mortos.
- Mi timas, ke vi estos devigata tion fari, ĉar vi subskribis la kontrakton, kara infano. Mi ĉion proponis al ŝi.

그녀가 당신을 자유롭게 해 준다면, 내가 다른 동반자의 여비를 낼 것조차 약속했습니다. 그러나 소용없습니다. 그녀는 나의 어떤 제의도 받아들이려 하지 않아요. 그녀는 당신만이 그녀를 동반할 것을 요구합니다. 그러니 우리는 어쩔 도리가 없습니다. 그녀는 고집이 대단합니다. 누구도 자기 계획의 실현에 있어서 그녀처럼 철저한 사람은 없습니다. 그녀는 당신을 강제로 동반시키기 위해 무슨 수든 피하지 않을 겁니다. 특히 지금은 결정을 내리신 다음이니까."

교수가 하도 간청을 하므로, 비르기트는 더 항의한다면 잔인할 정도인 것 같다.

그녀는 그를 위로해 주어야 한다는 의무감을 느꼈다.

"좋습니다. 그 일이 저를 새로운 무엇으로 이끌 수도 있겠지요. 어쨌든 저는 미국을 보겠네요."

그녀는 대답하여 말한다.

"그리고 교수님은 저를 도와주려고 했을 따름입니다. 그래서 저는 어쨌든 교수님께 감사를 드려야겠습니다. 더는 그 일로 해서 슬퍼하지 마십시오. 저는 그 아주머니를 따라갈 것이고, 그 뒤로 덴마크로 갈 충분한 돈을 가질 겁니다."

참으로 감탄하면서 교수는 그녀를 바라본다.

"하지만 내가 당신에게 20파운드를 드릴 테니 제발 받아줘요.

Mi eĉ promesis pagi la vojaĝkostojn por alia helpantino, se ŝi liberigos vin. Sed ne! Ŝi ne volas akcepti iun proponon de mi. Ŝi postulas, ke nur vi akompanu ŝin. Do ni nenion povas fari. Ŝi estas tre obstina. Neniu povas esti same lerta kiel ŝi koncerne realigon de siaj planoj. Ŝi certe ne evitos kion ajn por devigi vin akompani ŝin, kaj precipe nun, post kiam ŝi decidis tion.

La profesoro tiom petante rigardas Birgit, ke ŝi trovas tion kruela, se ŝi plu rezistos. Ŝi sentas sin devigita konsoli lin.

- Nu, do eble tio povas gvidi min al io nova. Ĉiuokaze mi vidos Amerikon, - ŝi responde diras, - kaj vi ja deziris nur helpi min. tial mi almenaŭ dankas vin. Estu do ne plu malĝoja pro la afero. Mi akompanos vian onklinon, kaj poste mi havos sufiĉe da mono por la vojaĝoo al Danlando.

Kun sincera admiro la profesoro ŝin rigardas.

- Sed permesu al mi doni al vi 20 funtojn, mi petas.

그것이 조금은 내 양심의 고통을 덜어줄 것이고, 또 그리되면 당신이 어쩔 수 없이 덴마크로부터 이리로 돌아와야 하는 데 필요한 비용이 마련될 것입니다."
처음에 비르기트는 그 돈을 받지 않으려 했으나, 교수가 하도 간청을 하므로 마침내는 받는다.
다음날 그녀는 한네에게, 왜 곧 갈 수 없게 됐는지 편지를 쓴다.
그리고 편지가 갈 거라고 바로 전보로 알렸다.
지금 그녀는 서둘러서 긴 여행을 위해 준비하기 시작한다. 수요일 저녁에 다른 간호사들이 그녀를 위하여 잔치를 벌인다. 목요일 - 아침 식사 뒤 - 그녀는 여행가방들을 가지고 스멜 부인의 집으로 간다.
그 노부인은 이미 교수에게서 비르기트가 약속대로 일할 것이고, 자기를 따라간다고 들었다.
그래서 비르기트가 올 때 그만큼 더 친절하게 대한다.
그들은 짐을 다 꾸리느라고 온종일 일하고, 그 날 밤 비르기트는 스멜 부인의 방 곁의 작은 방에서 잔다.
아침 일찍 그들은 **리버풀**로 가서 큰 증기선 '**영국 여왕**' 호를 타고 떠날 것이다. 비르기트는 여러 개의 큰 가방으로 인해 세관에서 일거리가 많다.
마침내 그들은 배 위에 오른다.

Tio iomete helpos al la turmentoj de mia konscienco, kaj tiamaniere vi havos sufiĉe da mono por eventuala revojaĝo de Danlando ĉi tien. Komence Birgit rifuzas la donacon, sed ĉar la profesoro ŝin petegas, ŝi fine akceptas ĝin. La postan tagon ŝi skribas al Hanne, kial ŝi ne tuj povas veni, sed tuj ŝi telegrafis, ke tiu letero venos. Nun ŝi urĝe ekpreparas sin por la longa vojaĝo. Merkredon vespere la aliaj flegistinoj festas por ŝi. Ĵaudon - jam post la matena manĝo - ŝi veturas kun siaj kofroj al la domo de s-ino Smell.
La maljuna sinjorino jam aŭdis de la profesoro, ke Birgit plenumos sian promeson kaj akompanos ŝin. Tial ŝi estas relative afabla al Birgit, kiam tiu venas. Ili laboras la tutan tagon por fini la pakadon, kaj tiun nokton Birgit dormas en malgranda ĉambro apud tiu de s-ino Smell.
Frue en la mateno ili vojaĝas al Liverpool, de kie la granda vaporŝipo "Empress of Britain" foriros. Birgit havas grandan laboron en la doganejo koncerne la multajn grandajn kofrojn. Fine ili alvenas sur la ŝipon.

비르기트는, 작지만 안락한 선실에 들었다. 지금 그녀는 자기를 기다리는 모험 때문에 매우 기쁘다.
그녀는 자신이 노부인을 위한 훌륭한 간호사가 될 것과 또한 여행 중 재미있는 나날을 보내리라고 다짐한다. 뱃전의 갑판 위에 서서 오고 가는 이런저런 사람들을 바라보노라면 재미있다.
곧 출항의 신호가 울린다. 사람들은 종이 뱀을 던지기도 하고, 작별 인사를 하고, 웃고, 외치고, 울고 하지만 마침내 배는 항구를 떠난다. 비르기트는 곧 스멜 부인에게 서둘러 가 보니, 그녀는 비르기트가 오래 혼자 있었다고 불평을 터뜨린다. 비르기트는 그녀에게 무언가 바라는 게 있는지를 상냥하게 묻고, 그녀의 선실에 있는 모든 것을 차분히 정리하기 시작한다.
스멜 부인의 꾸중은 곧 그친다. 그다음에 비르기트는 그녀가 점심 식사를 위해 옷을 갈아입도록 도운다.

Birgit ekhavas malgrandan, sed komfortan kajuton.
Nun ŝi sentas grandan ĝojon pro la travivaĵoj, kiuj atendas ŝin. Ŝi promesas al si mem esti bona flegistino por la maljuna sinjorino, sed ankaŭ mem travivi interesajn tagojn dum la vojaĝo. Estas amuze stari sur la ferdeko ĉe la ŝibordo kaj rigardi la diversajn homojn, kiuj venas kaj foriras.
Baldaŭ sonas la signalo de la foriro. Oni ĵetas paperserpentojn, adiaŭas, ridas, krias, ploras, sed fine la ŝipo forlasas la havenon. Birgit rapidas al s-ino Smell, kiu tuj plendas pro tio, ke Birgit tiel longe forestis. Tiu afable demandas, ĉu io mankas al ŝi, kaj komencas trankvile ordigi ĉion en ŝia kajuto.
La riproĉoj de s-ino Smell tuj ĉesas. Post tio Birgit halpas ŝin ŝanĝi la vestojn por la tagmanĝo.

제9장 브라운과 만남

그들은 함께 큰 식당으로 들어간다.
종업원은 친절하게 그들이 앉을 식탁을 안내한다.
그것은 그 식당의 가운데에 있다.
그들은 외따로 앉았다.
식탁 위에는 차림표가 놓여 있다. 여러 종류의 음식이 그 위에 적혀있다. 사람들이 마음대로 고를 수 있다.
그들 근처에 웬 신사가 외톨이로 앉아 있다.
비르기트는 그가 자기를 바라보고 있다고 느낀다.
그녀가 다양한 음식의 이름을 알지 못하고서 조금 당황하여 차림표를 살펴보고 있자니까, 그는 일어서서 그들의 식탁으로 다가와 자신의 이름을 말하고 도와주어도 되겠는지 묻는다.
그는 먼저 스멜 부인에게 물었는데, 부인은 그의 친절한 태도로 해서 우쭐하게 되어 곧 자신의 이름과 비르기트의 이름을 말한다.
비르기트는 그에게 감사하고 음식에 관해서 묻는다.
그는 그들에게 가장 좋은 음식을 골라 주고는 돌아가려 했으나, 그날 저녁 따라 기분이 좋은 스멜 부인은, 그가 자기네 자리에 같이 앉지 않겠는지를 묻는다.
이름이 **브라운**이라는 그 신사는 감사하고 기뻐하며 그 초대를 받아들인다.

NAŬA ĈAPITRO

Kune ili eniras la grandan manĝosalonon. Kelnero afable montras al ili tablon, ĉe kiu ili devas sidi. Ĝi estas meze en la salono. Solaj ili sidas. Sur la tablo estas manĝokarto.
Multaj specoj de manĝaĵoj estas menciitaj sur ĝi. Laŭplaĉe oni povas elekti.
Proksime al ili sidas sinjoro tute sola ĉe sia tablo. Birgit sentas, ke li rigardas ŝin, kaj ĉar ŝi iomete konfuzite esploras la manĝokarton, ne komprenante la nomojn de la diversaj manĝaĵoj, li ekstaras, alproksimiĝas al ilia tablo, diras sian nomon kaj demandas, ĉu li rajtas helpi. S-ino Smell, al kiu li unue sin turnas, sentas sin flatita pro tiu afableco kaj tuj diras sian nomon kaj tiun de Birgit. Birgit dankas lin kaj demandas pri la manĝaĵoj. Li elektas por ili la plej bonan kaj volas foriri, sed s-ino Smell, kiu tiun vesperon havas bonan humoron, demandas, ĉu li ne volas sidi ĉe ŝia tablo. La sinjoro, kies nomo estas Brown, dankas kaj ĝoje akceptas la inviton.

식사하는 동안 그는 친절하고 정중하게 스멜 부인과 이야기한다. 그리고 뒤에 그녀가 선실로 돌아가려고 하여 비르기트에게 같이 갈 것을 부탁할 때 브라운 씨도 같이 일어선다. 그는 두 분이 다시 돌아올 수 없느냐고 용기를 내어 묻는다.

"안돼요." 스멜 부인이 말한다.

"지금 나는 피로해요. 하지만 할 양은 내가 잠자리에 드는 것을 도와준 다음에는 돌아오려 할 겁니다."

바로 그것을 신사는 원한다.

그가 청하며 비르기트를 바라보자, 그녀는 돌아오겠다고 기꺼이 약속한다.

스멜 부인은 뜻밖으로 상냥하다.

"나는 기쁘구나." 비르기트에게 그녀는 말한다.

"저렇게 점잖은 분을 만나서. 그에게 친절히 할 것을 부탁합니다. 그는 우리가 뉴욕에 도착할 때 우리에게 도움이 될 수 있을 테니까요."

선실 밖에서 브라운 씨는 비르기트를 기다린다.

"다시 나오기를 부탁한 제가 너무 억지를 부린 것은 아닐까요?"라고 그는 묻는다.

"천만에요. 그러지 않으셨으면 저는 어쩔 수 없이 잠자리에 들게 되었을 겁니다. 하지만 저는 아직 자고 싶진 않거든요."

"저는 외롭다고 느꼈는데 당신이 오늘 저녁을 즐겁게 만들어 주시니 고맙습니다. 뭘 하면 좋을까요?

Dum la manĝado li afable kaj ĝentile konversacias kun s-ino Smell, kaj kiam ŝi poste deziras reveni al sia kajuto kaj petas Birgit akompani ŝin, ankaŭ s-ro Brown ekstaras. Li kuraĝas demandi, ĉu la sinjorinoj ne revenos.

Ne, - diras s-ino Smell, - nun mi estas laca, sed eble f-ino Hall deziras reveni, post kiam ŝi helpos min pri mia enlitiĝo.

Ĝuste tion deziras la sinjoro. Petante li rigardas al Birgit, kiu kun ĝojo promesas reveni.

S-ino Smell estas neordinare afabla.

- Mi ĝojas, - ŝi diras al Birgit, - ĉar mi trovis tiel ĝentilan sinjoron. Mi petas al vi esti afabla al li, ĉar li povos esti utila por ni, kiam ni atingos Nov-Jorkon.

Ekster la kajuto s-ro Brown atendas Birgit.

- Ĉu ŝajnas al vi, ke mi estis tro altruda, ĉar mi petis vin reveni? - li demandas.

- Absolute ne. Se ne, mi estus devigata enlitiĝi, kaj tion mi ankoraŭ ne deziras.

- Mi sentas min soleca, kaj mi dankas vin, ĉar vi volas agrabligi mian vesperon. Kion vi deziras?

넓은 객실에서는 음악회가 열리고 있고, 식당에서는 춤을 추고 있으며 또 극장도 있습니다. 당신이 좋아하신다면 무엇이든지 따르지요.
- 하지만 저녁이 아름답고 날씨가 좋군요. 차라리 갑판 위를 조금 거닐었으면 좋겠습니다. 그리고 나중에 음악을 들을 수도 있겠지요.
산책하는 동안 비르기트는 그에게 자신에 대해서 그리고 뜻밖의 여행에 관해서 이야기한다.
그는 쉰 살이다. 그녀는 그가 그녀 자신에 대해서 우연히 같은 배를 탄 사람이라는 이상의 별다른 관심을 가지리라고는 전혀 생각하지 않는다. 그러나 그는 비르기트를 본 그 첫 순간부터 가슴이 더워짐을 느낀다. 그는 그녀에게서 믿음을 느끼고, 비르기트가 자신의 이야기를 끝내자 그녀에게 자기의 살아온 이야기를 시작한다.
오래전 **프랑스**와 **벨기에** 사이의 국경 지방에 있는 작은 농가에 두 사람의 착한 농사꾼 **두퐁** 부부가 살고 있었다.
삼월의 어느 저녁에 그들은 집 밖에서 웬 소리가 들려 문을 열어보니, 피로에 지쳐 이제는 갈 수 없는 웬 사내가 눈에 띄었다.
그 착한 사람들은 그를 집 안으로 들게 하고 그를 재워주었다. 그는 말 한마디 못했다.

En la granda salono estas koncerto, en la manĝsalono dancado, kaj krom tio troviĝas ankaŭ kinejo. Mi deziras fari, kion ajn vi ŝatas.
- Sed la vespero estas bela, la vetero estas bona. Mi prefere promenos iomete sur la ferdeko. Eble ni poste povos aŭskulti muzikon.
Dum la promenado Birgit rakontas al li pri si mem kaj pri sia neintencita vojaĝo.
Li estas 50-jara. Ŝi tute ne pensas, ke li povas havi alian intereson pri ŝi ol pri hazarda kunpasaĝero. Sed de la unua momento, kiam li vidis Birgit, li sentas sian koron varmigita.
Li sentas fidon al ŝi, kaj post kiam Birgit finis sian rakonton, li komencas rakonti al ŝi sian propran historion:
En malgranda kampara domo en la limregiono inter Francujo kaj Belgujo loĝis antaŭ multaj jaroj du bonkoraj kamparanoj, gesinjoroj Dupont. Iun vesperon en la monato marto ili aŭdis bruon ekster la domo. Malferminte la pordon, ili vidis viron, kiu pro laceco ne plu povis iri. La bonaj homoj helpis lin en la domon kaj enlitigis lin. Nenion li povis diri.

그들은 의사를 불렀다. 그러나 그들은 먼저 그 낯선 자가 입었던 군복을 감추었다. 그가 야전 병원으로 보내져서 나중에 다시 전방으로 보내지는 것을 바라지 않는 동정심 때문이었다.
그의 군복은 프랑스 것이었고, 그는 프랑스 말을 하였다. 그들도 아들이 있었는데 전쟁에서 죽었다. 그 아들은 그 낯선 자와 거의 같은 나이였다. 의사에게는 그가 어떻게 왔는지만을 이야기했다.
그 의사는 그 낯선 자가 어디가 아픈지 세세히 진찰했다. 그는 그가 충격을 받았다고 보았다. 또 그는 폐렴에 걸려 있었다. 오랫동안 그는 삶과 죽음 사이를 떠돌았다. 그 굳센 농부들은 충실히 그를 보살폈다. 마침내 그는 건강을 되찾았으나 지난 일을 전혀 기억하지 못했다. 그들은 그에게 어떻게 왔는지는 이야기했으나 군복에 대해서는 조금도 이야기하지 않았다. 그들은 죽은 아들의 옷을 그에게 주면서, 그것들이 그의 것이 아니라는 말은 하지 않았다.
삼 년 전, 두퐁 씨가 죽고서야, 두퐁 씨의 아내는 그에게 편지를 써서, 그들은 그가 전방으로 돌아갈 것을 두려워했고 그래서 전쟁에 대해 그가 기억하도록 하고 싶지 않았다는 것을 설명했다.

Ili venigis kuraciston, sed antaŭe ili kaŝis la uniformon, kiun portis la fremdulo, ĉar pro kompato ili ne deziris, ke oni sendu lin al iu lazreto kaj poste eble denove al la fronto.
Lia uniformo estis franca, kaj li parolis la francan lingvon. Mem ili estis havintaj filon, kiu mortis en la milito. Li estis preskaŭ samaĝa kiel la fremdulo. Al la kuracisto ili rakontis nur, kiamaniere li alvenis.
La kuracisto detale esploris, pro kio la fremdulo malsanas.
Li opiniis, ke ŝoko lin trafis. Krome li havis pulminflamon.
Longtempe li ŝvebis inter vivo kaj morto.
Fidele la bravaj kamparanoj flegis lin. Fine li resaniĝis, sed nenion li memoris pri la pasinteco. Ili rakontis al li pri lia alveno, sed neniom pri la uniformo. Vestojn apartenintajn al la mortinta filo ili donis al li, ne dirante, ke ili ne apartenas al li mem. Nur antaŭ tri jaroj, kiam mortis s-ro Dupont, lia edzino skribis al li kaj klarigis, ke ili timis lian revenon al la fronto, tial ili ne volis memorigi lin pri la milito.

"할 양, 그 외국인이 나였습니다. 내 기억력은 절대 돌아오지 않았습니다. 그들이 곧 그 군복에 관해 이야기만 했더라면, 나는 아마도 어디에서 왔는가를 알아낼 수 있었을 겁니다. 하지만 그들은 나를 돕고 싶은 마음이었습니다. 그들이 경솔하긴 했지만 나는 그들을 용서합니다. 그 농사꾼들에게서 나는 진실한 가정을 알았습니다. 나는 잡지를 통해서 내 가족을 찾는 헛수고를 하면서 그들 곁에 머물러 있었습니다. 삼 년이 흘렀고 나는 농사일로 그들을 도왔습니다. 나는 그들에게 크게 감사를 드려야 합니다만 그렇더라도 그들은 내 군복을 숨김으로써 나를 방해했습니다. 그들은 그것을 불태웠습니다. 그래서 나는 나중에도, 내가 어느 연대에 속했는지를 조사할 수조차 없었습니다."

잠시 후에 그는 말을 계속한다.

"뒤에 나는 미국으로 가서 많은 돈을 벌었습니다. 처음 몇 년간 나는 비행기 제작 공장에서 일했지요. 그러던 언젠가 나는 그 기계에 관계되는 발명을 하게 되었고, 지금은 나 자신이 큰 공장을 가지고 있습니다. 나는 수익성 있는 사업을 하기 위해 영국에 있었고 지금은 내 공장으로 돌아가는 길입니다. 나는 전혀 결혼할 용기가 없습니다."

그는 그녀를 믿고 말한다.

"내가 이미 결혼했는지도 모르기 때문입니다.

- Kara fraŭlino Hall, tiu fremdulo estis mi. Neniam mia memorkapablo revenis.

Se nur tuj ili estus rakontintaj al mi pri la uniformo, mi eble povus esti esplorinta, de kie mi venis, sed ili ja volis nur helpi min. Mi pardonas ilin malgraŭ tio, ke ili agis malprudente. Ĉe la kamparanoj mi trovis veran hejmon. Dum kiam mi per la gazetaro vane serĉis mian familion, mi restis ĉe ili. Tri jaroj pasis, kaj mi helpis ilin pri la kampara laboro. Mi ŝuldas al ili grandan dankon, sed tamen ili malhelpis min per la kaŝado de mia uniformo.

Ili bruligis ĝin. Tiam mi eĉ poste ne povis esplori, al kiu regimento mi apartenis.

Post momento li daŭrigas:

- Poste mi vojaĝis al Ameriko, kie mi enspezis multan monon. Komence mi laboris en flugmaŝina fabriko dum kalkaj jaroj, sed iam mi faris inventon koncerne la maŝinojn, kaj nun mi mem havas grandan fabrikon. Mi estis en Anglujo por fari profitdonan negocon, kaj nun mi revenas al mia fabriko.

- Mi neniam kuraĝis edziĝi - li konfidas al ŝi - ĉar mi ne scias, ĉu mi jam estas edzo.

내 손가락에 결혼반지를 끼고 있지 않습니까. 하지만 아내는 죽었을지 모릅니다. 오늘 저녁에 나는 당신을 바라보면서 당신은 남들이 믿을 수 있는 그런 사람이라는 것을 느꼈어요. 그래서 나는 당신의 식탁으로 다가갔습니다. 내 일로 해서 당신에게 부담을 주었다면 용서하십시오. 하지만 나는 외로움을 느낍니다.
비르기트는 가엾어하며 그에게 귀를 기울인다. 그리고 그녀 역시 자신을 외롭게 느낀다고 정답게 대답한다. 그래서 그녀는 그의 감정을 잘 이해하는 것이다.
그렇게 그들은 한참 동안 산책하고 서로 이야기한다. 그리고 또 음악회에 참석해 귀를 기울인다. 늦게야 그들은 잠자리로 헤어져 간다.
자기 선실로 돌아와서 비르기트는 자신이 들었던 것에 대해 잠들기 전, 한참 동안 생각한다.

Sur mia fingro vi vidas, ke mi portas edziĝan ringon. Sed eble ŝi mortis. Mi ne scias.

Rigardante vin hodiaŭ vespere, mi sentis, ke vi estas tia, ke oni povas fidi vin. tial mi alproksimiĝis al via tablo. Pardonu min, ke mi ŝarĝas vin per miaj aferoj, sed mi sentis min soleca.

Birgit kompate aŭskultas lin, kaj afable ŝi respondas, ke ankaŭ ŝi sentas sin soleca. Tiam ŝi bone komprenas liajn sentojn.

Ankoraŭ kelke da tempo ili promenadas kaj interparolas.

Poste ili aŭskultas la koncerton. Malfrue ili disiras por dormo.

Reveninte al sia kajuto Birgit pensas pri tio, kion ŝi aŭdis.

Daŭras longe, antaŭ ol ŝi ekdormas.

제10장 브라운의 제안

브라운 씨 - 그는 자신의 이름을 몰랐기 때문에 이런 이름을 하나 지었다. - 는 여행하는 동안 내내, 스멜 부인에게 크게 도움이 되었고, 그래서 그녀는 비르기트가 저녁 동안 그와 함께 있는 것을 언제나 허락했다. 그들은 자기 생각, 계획 그리고 이상에 대해 서로 이야기했다.
그래서 그들은 차츰 서로를 오래 사귄 친구처럼 느끼게 되었다.
뉴욕에 도착하고 나서 브라운 씨는 여러모로 그들을 도왔다. 스멜 부인의 딸들이 부두에서 그들을 맞이하였다. 그들의 어머니는 그들에게 브라운 씨를 초대할 것을 부탁했다. 제복을 입은, 브라운 씨의 운전사가 모는 차가 그들을 기다렸다가, 정중하게 그들을 하숙으로 태워다 주었다.
비르기트는 높은 건물들과 길 위 모든 곳에서 바삐 움직이는 많은 사람과, 자동차와 버스의 무리 따위를 놀라서 바라보았다. 그녀는 다시 떠나기 전 사흘간을 뉴욕에 머물 수 있었다. 다음날 그들은 모두 브라운 씨를 방문했다. 그는 조금 도시 외곽에 있는, 큰 정원을 가진 크고 아름다운 집에서 살고 있었다. 그는 자랑하듯 자기 집을 그들에게 안내했고, 나중에 자기 공장으로 그들을 차 태워 갔다.

DEKA ĈAPITRO

S-ro Brown - tiun nomon li elektis por si mem, ĉar li ne konis sian veran nomon - dum la tuta vojaĝo estis tre helpema al s-ino Smell, kaj tial ŝi ĉiam permesis al Birgit esti kune kun li dum la vesperoj. Ili rakontis reciproke pri siaj ideoj, planoj kaj idealoj. tial ili iom post iom sentis sin malnovaj amikoj.
Alveninte en Nov-Jorkon, s-ro Brown ĉiel helpis ilin. La filinoj de s-ino Smell akceptis ilin ĉe la kajo. Ilia patrino petis al ili inviti s-ron Brown. Lia aŭtomobilo kun uniformita ŝoforo atendis lin, kaj ĝentile li veturigis ilin al la pensiono.
Mirante Birgit rigardis la altajn domojn kaj la multegajn homojn, la svarmojn da aŭtomobiloj kaj aŭtobusoj ktp., kiuj rapidis ĉie sur la stratoj.
Tri tagojn ŝi povis resti en Nov-Jorko, antaŭ ol ŝi denove devis vojaĝi. La postan tagon ili ĉiuj vizitis s-ron Brown. Li loĝis en granda bela domo kun granda ĝardeno iom ekster la urbo. fiere li montris al ili sian domon kaj poste veturigis ilin al sia fabriko.

비르기트는 아직 그만큼 큰 공장을 본 적이 없었다. 그 뒤에 그들은 그의 집으로 돌아와서 점심을 먹어야 했다.
점심을 먹기 전에 브라운 씨는 스멜 부인과 그들의 친척들에게 조금 쉴 수 있도록 방을 정해 주었다. 그는 비르기트에게 함께 정원을 좀 거닐지 않겠느냐고 물었다. 그녀는 기꺼이 응했다.
산책하는 동안 그들은 서로 많이 이야기했다.
"나는 매우 섭섭합니다." 그는 말했다.
"우리는 이제 곧 헤어져야 해요. 그렇지만 나는 당신에게 지금 이곳에 그대로 엿새만 머물러 달라고 감히 부탁드립니다. 그동안 나는 내 공장에서 가장 시급한 일들을 처리하고 몇 가지 상담을 할 것입니다. 당신이 남아주신다면, 내 집에서 당신이 외롭지 않게 하려고, 그동안 내 공장의 관리인과 그의 아내가 내 손님이 되어 주기로 약속했습니다. 당신이 그것을 받아들인다면, 나는 당신이 비행기를 타고 덴마크로 갈 수 있도록 하겠습니다. 비행기 '**쾌속선**'호는 **리스본**으로 날아갈 것입니다. 거기서 우리는 다른 비행기를 타고 **함부르크**로 가서 거기서 **코펜하겐**으로 갈 것입니다. 나는 여러 곳에서 용무를 볼 것이지만, 어느 도시에서든 하루에 그 일을 처리할 수 있을 것입니다. 그래서 당신은 배로 가는 것보다 더 빨리 **덴마크**에 도착할 수 있을 겁니다.

Neniam Birgit vidis tiom grandan fabrikon. Post tion ili revenis al lia domo, kie ili devis tagmanĝi. Antaŭ la tagmanĝo s-ro Brown disponigis al s-ino Smell kaj al ŝiaj parencoj ĉambrojn, por ke ili iomete ripozu. Al Birgit li demandis, ĉu ŝi volas kun li iom promeni en la ĝardeno. Tion ŝi volonte akceptis. Dum tiu promenado ili multe interparolis.

- Mi tre malĝojas, - li diris, - ke ni nun baldaŭ disiĝos.

Tamen mi kuraĝas nun peti al vi resti ankoraŭ ses tagojn ĉi tie. Dum tiu tempo mi ordigos la plej necesajn aferojn en mia fabriko kaj faros kelkajn negocojn. La administranto de mia fabriko kaj lia edzino promesis esti miaj gastoj dum tiuj tagoj, se vi restos, por ke vi ne estu sola en mia domo. Se vi tion akceptos, mi invitos vin flugi al Danlando. La flugmaŝino "The Clipper" flugos al Lisbono, kaj de tie ni iros per alia flugmaŝino al Hamburgo, kaj de tie al Kopenhago. En ĉiuj lokoj mi havos negocojn, sed en ĉiu urbo mi povos ordigi ilin dum unu tago. Do vi tamen atingos Danlandon pli frue, ol se vi irus per ŝipo.

당신이 머물겠다면 나는 참으로 기쁘겠습니다."
비르기트는 잠깐 침묵했다. 그녀는 한 번도 비행기를 타보지 못했다. 기꺼이 응할 수도 있겠지만, 하지만 '그녀가 그런 큰 선물을 받아도 될까?'
브라운 씨는 그녀가 망설이는 것을 보고 그 이유를 알았다.
"비용에 대해서는 생각하지 마십시오. 나는 때로 당신의 조국을 가 보려 했어요. 그리고 거기서도 거래 관계를 만들 수 있을 겁니다. 그러니 나는 두 가지 일을 동시에 하는 셈이지요. 내 제의를 받아들여서 나를 기쁘게 해 주지 않겠습니까?"
"예. 저는 진심으로 감사드립니다. 그러면 저는 머물렀다가 당신과 같이 비행기로 가겠어요. 저는 그것이 큰 경험이 되기를 바랍니다. 섭섭하게도 덴마크에는 제가 당신을 초대할 만한 제 가정이나 친척이 없어요. 코펜하겐에 도착하자마자 저는 **유틀란도**에 있는 제 친구 집으로 가야 합니다."
"나는 그것을 이해합니다. 나는 덴마크 수도에서 훌륭하고 편안한 호텔을 찾아 그곳에서 얼마 동안 머무르겠어요. 그 나라 전역을 여행한 뒤에 유틀란도에 가면 당신께 편지를 쓰지요. 어딘가에서 나를 만나도 좋겠지요.

Treege mi ĝojos, se vi restos.
Birgit silentis dum momento. Neniam ŝi flugis. volonte ŝi provus tion, sed - ĉu ŝi povas akcepti tiom grandan donacon?
S-ro Brown rimarkis ŝian heziton kaj komprenis la kaŭzon.
- Ne pensu, mi petas, pri la elspezoj. Jam ofte mi deziris vidi vian patrujon, kaj ankaŭ tie mi povos trovi komercajn rilatojn. Do mi faros du aferojn samtempe. Ĉu vi ne volas ĝojigi min per akcepto de mia propono?
- Jes, mi kore dankas vin. Do mi restos kaj flugos kune kun vi. Mi esperas, ke tio estos granda travivaĵo. Bedaŭrinde mi ne havas hejmon aŭ parencojn en Danlando, al kiu mi povos inviti vin. Tuj, kiam mi atingos Kopenhagon, mi devos vojaĝi al mia amikino en Jutlando.
- Tion mi komprenas. Mi trovos bonan kaj komfortan hotelon en la dana ĉefurbo kaj restos tie iom da tempo.
Poste mi vojaĝos tra lando, kaj se mi venos al Jutlando, mi skribos al vi. Eble vi konsentos renkonti min ie.

나는 당신이 나를 아주 완벽히 잊어버리지 않기를 바라며, 내가 편지를 써도 좋고, 또 내게 답장도 해 주겠지요, 그렇지요? 나는 당신 친구가 아직도 살아있는지, 에투르브에서 휴가가 끝난 뒤 당신은 무엇을 할 것인지를 알고 싶군요. 당신이 만약 영국으로 돌아오려고 한다면, 나는 당신이 돌아오는 것을 기꺼이 마련하겠습니다."

"당신은 제게 너무 친절하시군요. 브라운 씨. 저는 결코 당신의 도움을 잊지 않겠어요. 제가 해야 할 모든 일을 어떻게 처리할지를, 기꺼이 당신께 써 보내겠습니다. 제가 영국으로 되돌아가리라고 믿지 않습니다. 저는 꼭 덴마크에 머무를 것이고 거기서 일할 것입니다."

"나는, 당신이 그렇게도 바라는 보육원을 당신에게 갖게 할 수 있을 것입니다." 브라운 씨가 말했다.

"나는 가족도 친척도 없는데, 나 자신이 필요로 하는 이상의 넉넉한 돈을 가지고 있어요. 하지만 우리가 덴마크에서 만나게 될 때, 또 그 일에 관해서 이야기할 수 있겠지요."

비르기트는 감사드리며 그를 바라보았다. 그가 그녀를 사랑하게 된 것일까? 그녀는 그렇지 않기를 바란다. 그는 그녀에게는 훌륭하고 충실한 벗이다. 그녀는 그를 매우 좋아한다. 그러나 결코 누군가를 더 사랑하지는 않을 것이다.

언제나 그녀의 마음은 올레에게 있다.

Mi esperas, ke vi ne tute forgesos min, sed permesos al mi skribi kaj eĉ respondos al mi, ĉu jes? Mi ŝatas ekscii, ĉu via amikino ankoraŭ vivas, kaj kion vi deziras fari post via restado en Eturb. Se vi eble deziros reveni al Anglujo, mi volonte prizorgos vian revojaĝon.

- Vi estas tro afabla al mi, s-ro Brown. Neniam mi forgesos vian helpemon. Kun ĝojo mi skribos al vi, keil mi aranĝos ĉion por mi men. Mi ne kredas, ke mi revenos al Anglujo. Mi certe restos en Danlando kaj laboros tie.

- Eble mi povos havigi al vi infanhejmon, kiun vi tiel forte deziras, - diris s-ro Brown.

- Mi havas sufiĉe da mono, pli ol mi mem bezonos, neniun familion nek parencojn. Sed pri tion ni povos paroli, kiam ni renkontiĝos en Danlando.

Birgit danke rigardis lin. Ĉu li enamiĝis al ŝi? Ŝi esperas, ke ne. Li estas por ŝi bona kaj fidela amiko.

Ŝi tre ŝatas lin, sed neniam plu ŝi amos.

Por ĉiam ŝia koro apartenas al Ole.

그는 그녀의 마음을 이해했다.
“두려워하지 마시오, 할 양. 나는 당신이 첫사랑에 충실하다는 것을 알고 있어요. 또, 나 역시 내 과거에 대해 모르는 채로는 결혼할 수 없어요. 마치 오빠처럼 나는 당신을 돕고 싶어요. 누구에게 내 돈을 주겠어요? 나는 이미 말한 것처럼, 아이도 친척도 없지 않습니까. 나는 내 돈의 일부를 당신이 좋은 일에 쓰고자 한다면 기쁘겠습니다. 나는 내가 당신의 진실한 벗으로 있는 것 이상은 절대 바라지 않겠어요.”
곧 비르기트는 양손을 그에게 내밀었다.
“우리는 언제나 친구로 남을 겁니다. 별일이 없다면, 당신의 제의를 선뜻 받아들이렵니다.”
그는 기뻐하며 내민 양손을 꽉 잡았다.
종이 울려서 그들은 점심을 먹으러 들어갔다.
브라운 씨는 매우 훌륭한 주인이었다.
그 저녁은 가장 유쾌하게 지냈다.
스멜 부인은 비르기트가 초대를 받아들인 것을 듣고 놀랐지만, 그녀가 비르기트를 고용한 시한은 이미 지났다. 그래서 그녀는 반대할 권리가 없었다.
저녁 늦게 그들은 자동차를 타고 하숙으로 돌아왔다.

Li komrenis ŝiajn pensojn.
- Ne timu, fraŭlino Hall. Mi scias pri via fideleco al via unua amo. Ankaŭ mi ja ne povos edziĝi, nesciante pri mia pasinteco. Kvazaŭ maljuna frato mi volas helpi vin. Al kiu mi donu mian monon? Kiel mi jam diris, mi havas neniujn infanojn, nek parencojn. Mi ĝojus, se mi scius, ke vi volas utiligi iom de mia mono por bonfara celo. Neniam mi postulos de vi pli, ol ke mi restu via sincera amiko.
Tuj Birgit donis al li ambaŭ siajn manojn.
- Ni ĉiam restos geamikoj. volontege mi akceptas vian proponon, se ne okazos io neatendita.
Kun ĝojo li premis la etenditajn manojn.
La gongo sonis, kaj ili eniris por tagmanĝi.
S-ro Brown estis bonega mastro. La vespero pasis en plej agrabla maniero. S-ino Smell surprizite aŭdis pri la invito, kiun akceptis Birgit, sed la tempo, por kiu ŝi dungis Birgit, jam pasis. Do nenion ŝi rajtis kontraŭdiri.
Malfrue en la vespero ili per aŭtomobilo revenis al la pensiono.

비르기트는 그날 밤 얼마 자지 못했다. 그녀는 비행기를 타는 것에 대해, 그녀가 볼 새로운 나라에 대해, 덴마크로 돌아가는 것에 대해, 그리고 마음씨 좋은 브라운 씨에 대해 생각했다.
그녀는, 그가 친척이나 가족이 있다면, 하루빨리 그들을 다시 만나기를 바랐다. 그는 참으로 행복해야 할 사람이다. 그녀가 그에게 도움이 될 수만 있다면 좋을 텐데!

Birgit dormis nur malmulte dum tiu nokto. Ŝi pensis pri la flugado, pri la novaj landoj, kiujn ŝi vidos, pri la reveno al Danlando kaj pri la bonkora s-ro Brown.

Ŝi deziris, ke li baldaŭ renkontu siajn parencojn aŭ familion, se li havas ilin. Li vere meritas esti feliĉa. Se ŝi nur povus helpi al li!

제11장 브라운 집 방문

다음날 비르기트는 스멜 부인과 그녀의 딸들에게 작별 인사를 하고 브라운 씨의 집으로 차를 타고 갔다. 그녀는 거기서 며칠 동안 유쾌한 날을 보냈다. 그 관리인의 아내는 비르기트에게 뉴욕의 많은 명승지와 그 근처를 구경시켰다. 마침내 그녀와 브라운 씨는 비행장으로 차를 타고 갔다. 커다란 모험이 시작되었다.

도중에 그들은 **아조로스** 제도(諸島)에 착륙했고 나중에 **포르투갈**로 갔다. 거기에서 그녀는 많은 재미있는 곳들을 보았고 투우장에도 갔다. 그녀는 용감한 투우사들에 감탄했으나, 차마 그 가여운 짐승들을 오랫동안 바라볼 수 없었다.

어느 날 저녁 브라운 씨는 호텔로 돌아왔을 때 언짢은 기분이었다. 비르기트가 무슨 일이 있느냐고 묻자, 그는 대답했다.

“이곳에서의 내 볼일은 1주일 후에라야 마무리될 것입니다. 내일 나는 당신이 덴마크로 날아가도록 돌보겠지만, 섭섭합니다. 그것은 내가 당신과 같이 갈 수 없어서. 같이 갔으면 좋겠는데.”

DEK-UNUA ĈAPITRO

La postan tagon Birgit adiaŭis s-inon Smell kaj ŝiajn filinojn kaj veturis al la domo de sia amiko. Tie ŝi travivis kelkajn agrablajn tagojn. La edzino de la administranto montris al ŝi multajn vidindaĵojn en Nov-Jorko kaj ĉirkaŭ ĝi. Fine ŝi kaj s-ro Brown veturis al la aviadejo, kaj la granda aventuro komenciĝis.
Survoje ili surteriĝis sur la Azoroj kaj poste en Portugalujo.
Tie ŝi vidis multajn interesajn lokojn kaj eĉ ĉeestis virbovan batalon. Ŝi admiris la kuraĝajn toreadorojn, sed ŝi ne longe povis elteni rigardadon al la kompatindaj bestoj.
Iun vesperon, kiam s-ro Brown revenis al la hotelo, li havis malbonan humoron. Kiam Birgit demandis, kio okazis, li respondis:
- Miaj negocoj ĉi tie povos esti finitaj nur post unu semajno.
Morgaŭ mi tamen prizorgos vian flugadon al Danlando, sed mi malĝojas, ĉar mi ne povos akompani vin. Tion mi preferus.

에스테르가 그동안 벌써 죽었다는 것을 모르는 비르기트는 조금 주저했지만, 몇 분 뒤에는, 여행하는 동안 자주 자기를 도와준 브라운 씨를 기쁘게 해 주기로 마음먹었다. 그리고 그녀는 대답했다.

“만약 당신의 기분을 나아지게 할 수 있고, 당신이 저를 남도록 초대하신다면, 저는 기꺼이 당신이 함께 여행할 수 있을 그 날까지 기다리겠습니다.”

기쁨에 넘친 브라운 씨는 고마워했다.

“그러면 나는, 조그만 **마데이라** 섬으로 여행할 것을 제안합니다. 내일 ‘**슈투트가르트**’라는 큰 배가 여기로 올 겁니다. 우리는 그것을 타고 갈 것입니다. 나는 엿새 동안 자리를 비울 수 있고, 당신이 원한다면 그 아름다운 섬에서 사흘을 보낼 수 있습니다.”

그 여행도 비르기트에게는 감명 깊은 경험이 되었다. 그 섬에 닿은 후 어느 날 아침, 그녀는 시끄러운 고함에 잠이 깨었다. 조그만 거룻배[1]들을 탄 갈색 소년들이 큰 배를 에워쌌다. 그들은 갈색 손들을 뻗쳐 돈을 달라고 했다. 배가에 서 있던 사람들은 물속으로 주화들을 던졌다. 곧 그 아이들은 거룻배에서 바닷속으로 뛰어들어 빛나는 것들을 찾아냈다. 그들은 모두 여러 번 자맥질했고, 그때마다 주화들을 건졌다.

---

1) 거룻배는 근해에서 배에 물건을 싣거나 내리는 데 사용되는, 보통 바닥이 편평하고 흘수가 얕은 보트나 바지선(barge). 조작·시간·경비가 많이 들기 때문에 왕래가 없어 선창이나 부두를 건설할 수 없는 지역에서 주로 사용되며, 단거리의 화물수송에도 사용된다

Birgit, kiu ne sciis, ke Ester jam mortis intertempe, iomete hezitis, sed post kelke da minutoj ŝi decidis ĝojigi s-ron Brown, kiu dum la tuta vojaĝo ofte ĝojigis ŝin. Kaj ŝi respondis.
- Se tio povas plibonigi vian humoron, kaj se vi invitos min resti, mi volonte atendos ĝis la t ago, kiam vi povos kunvojaĝi.
Ĝoja s-ro Brown dankis.
- Do mi proponas vojaĝon al la malgranda insulo Madeira.
Morgaŭ la granda ŝipo "Stuttgart" alvenos ĉi tien. Per ĝi ni iros. Mi povas foresti ses tagojn, do ni povos pasigi tri tagojn sur tiu bela insulo, se vi tion deziras.
Ankaŭ tiu vizito fariĝis al Birgit impona travivaĵo. Atinginte la insulon iun matenon, ŝi vekiĝis pro laŭtaj krioj. Multaj brunaj knaboj en malgrandaj boatoj ĉirkaŭis la ŝipon. Siajn brunajn manojn ili etendis kaj petis monon. Homoj starantaj ĉe la ŝipbordo ĵetis monerojn en la akvon. Tuj ili saltis el la boato en la maron, kie ili trovis la brilajn objektojn. Multfoje ili ĉiuj subakviĝis, kaj ĉiufoje ili trovis monerojn.

브라운 씨는 실링 화를 던졌는데, 그것을 잡으려 하던 소년은 물에 들어갔다가 나오자, 자기의 빈손을 보여 주었다.
그러나 그는 나중에 웃으며 발가락 사이에서 그것을 뽑아냈다. 그것은 재미있는 광경이었다.
나중에 그들은 노 젓는 배를 타고 그 섬의 항구에 닿았다. 왜냐하면, 큰 배가 항구에 들어갈 수 있을 만큼 물이 깊지 않아서였다.
그들은 마데이라에서 사흘간 즐거운 날을 보냈다. 그들은 섬 전체를 보았고, 작고 둥근 돌들로 포장된 이상한 거리를 달렸다.
배로 돌아와서 보니 갑판이 자수품 따위를 팔려는 사람들로 가득 차 있었다. 브라운 씨는 비르기트에게 크고 아름답게 수 놓인 탁자보를 선물했고, 그녀는 진심으로 고마워했다.
얼마 있지 않아 그들은 **리스본**에 돌아왔고, 브라운 씨의 상담이 끝나자 그들은 **함부르크**로 날아갔다가, 거기서 다시 덴마크로 날아갔다.
그들은 **코펜하겐** 외곽에 있는 공항인 **카스트루프**에 내렸다. 브라운 씨는 호텔에 대해 비르기트의 도움말을 청했다. 그들은 함께 코펜하겐의 '**당글레떼르**' 호텔로 차를 타고 갔다.

S-ro Brown elĵetis ŝilingon, sed kiam tiu knabo, kiu volis ĝin kapti, revenis de sia subakviĝo, li montris siajn malplenajn manojn, sed ridetante li poste eltiris ĝin el inter siaj piedfingroj. Tio estis amuza spektaklo.

Poste ili per remboato atingis la havenon de la insulo, ĉar la akvo ne estis tiom profunda, ke la ŝipo povis eniri en ĝin.

Sur Madeira ili havis tri amuzajn tagojn. Ili vidis latutan insulon kaj glitveturis tra la strangaj stratoj, kies pavimo konsistas el etaj rondaj ŝtonoj.

Reveninte al la ŝipo, ili trovis la ferdekon plena de homoj, kiuj volis vendi brodaĵojn k.t.p. S-ro Brown donacis al Birgit grandan belege broditan tablotukon, pro kiu ŝi kore dankis lin.

Baldaŭ ili revenis al Lisbono, kaj kiam la negocoj de s-ro Brown estis finitaj, ili flugis al Hamburgo, kaj de tie al Danlando.

Ili surteriĝis en Kastrup, la flugmaŝina stacio ekster Kopenhago. S-ro Brown petis konsilon de Birgit koncerne hotelon. Kune ili veturis al hotelo "d'Angleterre" en Kopenhago.

곧 비르기트는 에스테르의 집에 전화를 걸어 한네와 이야기를 하게 되었는데, 그녀는 자기 어머니의 죽음에 대해 비르기트에게 말했다.
그날 저녁 비르기트는 그녀에게로 가고 싶었지만, 브라운 씨는 말했다.
"내일까지 기다리는 게 좋겠습니다. 죽은 당신 친구의 농장으로 당신을 태워 갈 수 있도록 내가 오늘 자동차를 부탁해 놓겠소. 우리는 아침 일찍 출발할 것이고, 에투르브에는 오후에 도착할 수 있을 겁니다. 나는 당신을 그 농장으로 태워다 주고는 에투르브에 묵을 것입니다."
그들은 그렇게 했다. 이튿날 비르기트는 한네를 얼싸안았다. 비르기트는 그때까지 한네를 보지 못했지만, 곧 한네에 대해 모성애를 느꼈다. 그녀는 브라운 씨를 소개했다. 한네는 그가 에투르브로 돌아가기 전에 커피를 한잔하시지 않겠느냐고 물었다.
그는 기꺼이 그 초대를 받아들였다.
커피를 마시는 동안 비르기트는 브라운 씨가 자기에게 베풀었던 모든 좋은 일들에 대해 말했다. 그런 말을 듣고 나서 한네는, 그가 에투르브로 돌아가는 대신에 자기들 곁에 남지 않으려는지 물었다.
브라운 씨는 묻는 듯한 표정으로 비르기트를 바라보았다. 그에게 어떤 호의를 보여줄 수 있게 되어 기쁜 그녀는 그 초대의 말을 새삼 되풀이했다.

Tuj Birgit telefonis al la hejmo de Ester kaj parolis kun Hanne, kiu rakontis al ŝi pri la morto de sia patrino. La saman vesperon Birgit volis vojaĝi al ŝi, sed s-ro Brown diris:
- Atendu, mi petas, ĝis morgaŭ. Jam hodiaŭ mi mendos aŭtomobilon, por ke mi povu veturigi vin al la bieno de via mortinta amikino. Ni ekveturos frue en la mateno kaj povos alveni al Eturb posttagmeze. Mi do tranoktos en Eturb, kiam mi estos veturiginta vin al la bieno. Tion ili faris. La postan tagon Birgit ĉirkaŭbrakis Hanne, kiun ŝi ĝis tiam ankoraŭ ne vidis, sed por kiu ŝi tuj ekhavis patrinan senton. Ŝi prezentis s-ron Brown. Hanne demandis, ĉu li ne deziras trinki kafon antaŭ la reveturo al Eturb.
Volonte li akceptis la inviton. Dum la kafotrinkado Birgit rakontis pri ĉio bona, kion s-ro Brown faris al ŝi. Aŭdinte tion, Hanne demandis, ĉu li ne deziras resti ĉe ili anstataŭ reveni al Eturb.
S-ro Brown kun demanda mieno rigardis al Birgit, kiu tuj ripetis la inviton, ĝoja pro tio, ke ŝi nun povas al li montri ian afablaĵon.

제12장 올레의 청혼편지

그날 저녁에 한네는 바로 자기 변호사에게 전화를 걸었다. 그는 다음날 오전에 왔다. 그는 비르기트에게 에스테르의 유언에 관해 설명했다. 비르기트는 감동하여, 한네의 곁에 머무르는 제안을 사양한다.
변호사가 떠난 뒤 한네는 비르기트에게 자기 어머니의 편지를 주었다. 비르기트는 혼자 읽고 싶어서 제 방으로 갔다.
봉투를 열고서 그녀는 에스테르가 쓴 몇 마디 안 되는 말을 읽는다. 그녀는 떨리는 손으로 올레의 편지를 열어 그것을 읽는다. 오랫동안 그녀는 눈을 감은 채 앉아있다. 그녀의 심장은 세차게 뛴다.
'그는 나를 사랑한다. 그는 나를 사랑한다.' 라고 그녀의 마음속에서 소리쳤다.
그녀는 지금 그에게 편지를 써서, 그 편지에 대해 일어났던 일을 적을 수 있을까? 그것은 죽은 친구에 대한 배반이 아닐까? 아마도 그는 그동안에 그녀에 대해서 완전히 잊어버렸을 것이다. 아마도 그는 결혼했으리라. 아니, 그녀는 그에게 편지를 쓸 수 없다. 한네에게 어머니의 죄를 이야기할 수 없다.
그녀는 기다리면서 올레가 어떻게 살고 있는지를 알아보기로 마음먹었다.
많은 생각이 그녀의 머리를 스쳤다.

DEK-DUA ĈAPITRO

Jam saman vesperon Hanne telefonis al sia advokato. Li alvenis la postan antaŭtagmezon. Li klarigis al Birgit pri la testamento de Ester. Birgit kortuŝite cedis al la propono pri restado ĉe Hanne.

Post kiam la advokato foriris, Hanne donis al Birgit la leteron de sia patrino. Birgit iris al sia ĉambro, ĉar ŝi deziris esti sola dum la legado.

Malferminte la koverton, ŝi vidas la nur malmultajn vortojn, kiujn Ester skribis. Kun tremantaj manoj ŝi malfermas la leteron de Ole kaj legas ĝin. Longtempe ŝi sidas kun fermitaj okuloj. Ŝia koro batas forte. "Li amas min, li amas min", sonas en ŝia interno.

Ĉu ŝi nun povas skribi al li kaj rakonti, kio okazis pri la letero? Ĉu tio ne estus perfido al mortinta amikino? Eble li intertempe tute forgesis ŝin. Eble li edziĝis. Ne, ŝi ne povas skribi al li. Al Hanne ŝi ne povas rakonti pri la peko de ŝia patrino.

Ŝi decidis atendi kaj esplori, kiamaniere Ole vivas. Multaj pensoj flugis tra ŝia cerbo.

때는 봄이었다. 그녀의 마음속에도.
'올레, 올레, 당신은 나에 대해 무엇을 생각했나요?'
한 번도 에스테르에게 화를 내 본 적이 없는 그녀의 고운 마음씨가 잘못이었다. 하지만 그녀는 서글프게 자기가 혼자 살았던 세월에 대해 생각했다. 만약 에스테르가 그 편지를 감추지 않았더라면, 그녀는 그 모든 세월을 올레와 함께 살았을 텐데.
한네와 브라운 씨는 그녀를 불렀다. 그녀는 눈을 닦고 거실로 돌아갔다.
한네와 그는 거기서 즐겁게 이야기를 나누면서 앉아 있었다. 브라운 씨가 말했다.
"우리가 이야기를 나눌 때 한 번도 에스페란토에 대해 말을 하지 않았다니 이상합니다. 나는 여러 해 전에 에스페란티스토가 되었고, 지금에서야 내게는 그렇게 소중한 언어를 당신도 알고 있다는 것을 알았습니다. 이 젊은 아가씨가 우리보다 에스페란토 선전을 확실히 잘 하는군요."
비르기트는 얼굴을 붉혔다. 자신이 올레를 오해했다고 믿었던 그때부터 그녀는 그 언어를 염두에 두지 않았다. 그녀는 나중에 그 언어를 듣고 싶어 하지 않았고, 더는 초록별을 달지 않을 만큼이나, 올레와 자주 에스페란토로 이야기를 나누었다.

Estis printempo, - ankaŭ en ŝia koro.

- Ole, Ole, kion do vi pensis pri mi? - Ŝia bonkoreco estis kulpa en tio, ke ŝi eĉ ne unu momenton koleris al Ester.

Sed melankolie ŝi pensis pri la jaroj, dum kiuj ŝi restis sola.

Se Ester ne estus kaŝinta la leteron, ŝi estus vivinta kune kun Ole dum ĉiuj tiuj jaroj.

Hanne kaj s-ro Brown alvokis ŝin. Ŝi sekigis siajn okulojn kaj revenis al la salono.

Tie sidis Hanne kaj li, gaje interparolante.

- Estas strange, - diris s-ro Brown - ke ni neniam menciis la vorton Esperanto, kiam ni interparolis. Mi antaŭ multaj jaroj fariĝis Esperantisto, kaj nur nun mi ekscias, ke ankaŭ vi scias tiun lingvon tiom karan al mi. Ni devas konfesi, ke la juna fraŭlino estas pli propagandema ol ni.

Birgit ruĝiĝis. Post tiu tempo, kiam ŝi kredis, ke ŝi miskomprenis Ole, ŝi ne okupis sin pri la lingvo. Ole kaj ŝi tiom ofte interparolis en Esperanto, ke ŝi poste ne volis aŭdi tiun vorton kaj ne plu portis la verdan stelon.

그녀는 영국에서 한 번의 모임조차 찾아보지 않았으나, 지금 그 편지를 읽은 후에 곧 그 언어에 대해 들은 것은 좋은 징조라고 느꼈다.
아마도 머지않아 행복이 그녀를 기다릴 것이다.
곧 세 사람 모두 에스페란토로 이야기했다.
한네는 비르기트에게 함께 **엘시노어**[2]에서 열리는 여름 휴가 강습회에 참가할까를 물었다.
브라운 씨는 주의 깊게 들었다.
"그 강습회는 언제 열립니까?" 그는 물었다.
"7월인데요. 아저씨도 참가하시겠어요?"라고 한네는 대답했다.
"그래요."라고 그는 말했다.
"지금은 5월입니다. 며칠 후에 내가 **스웨덴**과 **노르웨이**로 떠나면 7월에 여기로 돌아올 수 있을 것입니다. 내 자리도 부탁해 두겠어요? 나는 언젠가 엘시노어의 국제 학교에서 열리는 강습회에 대해 들었습니다. 그리고 참가하기를 바란 적도 많았습니다. 이제 나의 소망은 이루어질 것입니다. 나는 그것이 너무나 기쁘고, 그러면 우리는 또다시 함께 있을 수 있겠지요."
비르기트도 즐거웠다. 아마도 그녀는 거기서 올레를 만날 것이다. 그뿐 아니라 자기의 미국 친구도 다시 그곳에서 만날 것이다.

---

2) 헬싱외르(덴마크어: Helsingør)는 덴마크 동부 셸란 섬 북동부 연안에 위치한 도시로, 영어로는 엘시노어(영어: Elsinore)라고 부른다.

En Anglujo ŝi ne vizitis eĉ unu kunvenon, sed nun ŝi sentis tion, ke ŝi aŭdis pri tiu lingvo tuj post la legado de la letero, kiel bonan antaŭsignon. Eble tamen post nelonge la feliĉo atendos ŝin.
Baldaŭ ĉiuj tri parolis Esperanton. Hanne demandis Birgit, ĉu ili kune partoprenu someran ferian kurson en Elsinoro.
S-ro Brown atente aŭskultis.
- Kiam okazos tiu kurso ? - li demandis.
- En la monato julio, - respondis Hanne, - ĉu ankaŭ vi partoprenos ?
- Jes, - li diris, - nun estas majo. Se post kelkaj tagoj mi ekvojaĝos al Svedujo kaj Norvegujo, mi povos reveni ĉi tien en julio. Ĉu vi do mendos lokon ankaŭ por mi? Mi iam aŭdis pri la kursoj en la internacia altlernejo en Elsinoro, kaj ofte mi deziris partopreni. Do nun mia deziro plenumiĝos. Treege mi ĝojas pri tio, kaj tiamaniere ni denove povos esti kune.
Ankaŭ Birgit ĝojis. Eble ŝi tie renkontos Ole. Tamen ankaŭ sian amerikan amikon ŝi volonte denove renkontos tie.

이튿날 벌써 그들은 강습담당자에게 편지를 써서 안내서를 청했고, 그다음에는 자리를 예약했다.
브라운 씨는 며칠 동안 그 농장에 머물렀다가, 뒤에 덴마크의 많은 부분을 둘러 보면서 여러 곳에서 상담을 하고, **스칸디나비아**반도의 두 나라로 여행을 계속했다. 그러나 강습회가 시작되기 며칠 전에 그 농장에 되돌아왔다.

Jam la postan tagon ili skribis al la kursaranĝanto, petis prospekton - kaj post tio mendis lokon.
S-ro Brown restis kelkajn tagojn en la bieno, travojaĝis poste grandan parton de Danlando, faris en multaj lokoj negocojn kaj daŭrigis sian vojaĝon al la duskandinavaj landoj, sed revenis al la bieno kelkajn tagojn antaŭ la komenciĝo de la kursoj.

제13장 올레와 두발의 만남

코펜하겐의 큰 병원에서 올레는 하나뿐인 수석의사다. 그는 이미 여러 해 전에 박사학위를 땄고, 지금은 교수이다.
그러나 그는 병원에서의 일거리가 많은데도 여전히, 가난한 사람들을 자주 도운다. 그의 환자 수는 많다.
그는 친구들이 많다.
그 병원의 간호사들 가운데서도 많은 사람이 그의 마음을 끌려고 애쓰고, 많은 어머니가 그를 사위로 맞기를 바란다. 그것은 그가 잘 생긴 외모에다 친절하고, 존경을 많이 받고 있기 때문이다.
또한, 그는 활발하고 쾌활하지만, 비르기트 아닌 딴 아가씨에게는 한 번도 마음을 두지 않았다. 에스테르의 말로는, 비르기트는 아직 결혼하지 않았다고 했으므로 그는 그녀에게 자주 편지를 쓰고 싶었다. 그러나 그는 용기가 나지 않았다. 그녀가 그의 첫 편지에 대답하지 않았기 때문에.
나이 많은 아주머니가 그의 집안일을 해 나간다.
손님들은 아주 드물게 올 뿐이다.
그가 늘 바쁘기 때문이다. 같은 이유로, 에스페란토 모임에도 자주 나가지는 못한다.
다만 봄 축제와 자멘호프 잔치만은 언제나 참여한다.

DEK-TRIA ĈAPITRO

En granda hospitalo en Kopenhago Ole unu estas ĉefkuracisto. Sian doktorecon li jam antaŭ multaj jaroj akiris, kaj nun li estas profesoro. Malgraŭ sia granda laboro en la hospitalo li tamen ankoraŭ ofte helpas malriĉulojn. Lia klientaro estas granda.
Multajn amikojn li havas. Multaj el la flegistinoj en la hospitalo klopodas akiri lian koron, kaj multaj patrinoj deziras lin kiel bofilon, ĉar li estas belstatura, afabla kaj tre estimata. Ankaŭ vigla kaj gaja li estas, sed neniam li enamiĝis al alia fraŭlino ol Birgit. Ofte li deziris skribi al ŝi, ĉar Ester rakontis, ke ŝi ne edziniĝis. Tamen li ne kuraĝis, ĉar ŝi ne respondis al lia unua letero.
Maljuna virino mastrumadas por li. Gastojn li nur malofte havas, ĉar li ĉiam estas okupata. Pro la sama kaŭzo li ne ofte vizitas la Esperantajn kunvenojn. Nur la printempajn kaj la Zamenhofajn festojn li ĉiam ĉeestas.

그는 비르기트가 덴마크에 도착했던 그달의 어느 날, 점심을 먹으려고 어느 식당에 갔다.
그의 가정부가 쉬는 날이었기 때문에. 종업원은 곧, 모든 사람을 바라볼 수 있는 좋은 자리를 잡아 주었다. 젊은 신사가 들어왔다.
그는 차림표에 대해 프랑스 말로 물었으나, 그는 알아듣지 못했다. 그 젊은이는 에스페란토로 제 요구를 되풀이했지만, 그 종업원은 안타까워하면서 머리를 내젓고는 지배인을 부르려고 가버렸다. 주의 깊게 그 낯선 사람의 말을 듣고 있던 올레는 일어나서 그 탁자로 가서 종업원을 그냥 있게 해 놓고는 말했다.
“나는 당신이 에스페란토로 말하는 것을 들었습니다. 내가 당신을 도와드릴까요?
당신은 무엇을 원하십니까?”
그 젊은이는 고마워하면서 자기가 무엇을 먹으려는 지를 통역해 줄 것을 올레에게 부탁했다.
그 일이 제대로 되고 나서, 그 젊은이는 올레를 자기 탁자로 앉도록 초대했다.
그러나 더 좋은 탁자를 차지하고 있던 올레는 그가 자기 탁자로 자리를 옮길 것을 권했다.
곧 그들은 활발하게 이야기를 나누었다. 다른 손님들과 종업원들은 놀라서 그들을 바라보았다.

En la sama monato, en kiu Birgit alvenis al Danlando, li iun tagon iris al iu restoracio por tagmanĝi, ĉar lia mastrumistino havis sian liberan tagon. La kelnero tuj havigis al li bonan sidlokon, de kie li povis rigardi ĉiujn gastojn. Juna sinjoro envenis.
France li demandis la kelneron pri la manĝokarto, sed la kelnero ne komprenis. La junulo ripetis en Esperanto sian deziron, sed la kelnero bedaŭrante skuis sian kapon kaj foriris por alvoki la ĉefkelneron.
Ole, kiu atente aŭskultis la lingvon de la fremdulo, ekstaris kaj iris al la tablo, haltigis la kelneron kaj diris:
- Mi aŭdis vin paroli Esperante. Ĉu mi povas helpi vin? Kion vi deziras?
Danke la junulo petis Ole traduki, kion li deziras manĝi. Kiam tiu afero estis ordigita, la junulo invitis Ole sidiĝi al lia tablo. Sed Ole, kiu havis pli bonan tablon, proponis, ke li translokiĝu al lia tablo.
Baldaŭ ili vigle interparolis. La aliaj gastoj kaj la kelneroj kun miro rigardis ilin.

가장 큰 탁자에서 많은 손님과 앉아 있던 어느 신사가 다가와서 그들이 말하는 언어가 에스페란토인지를 공손히 물었다.
올레는 그렇다고 했고, 그것은 다른 손님들 사이에 커다란 흥미를 일으켰다. 그들은 전에 그 언어에 대해 들었지만, 그것이 실용됨은 한 번도 보지 못했다.
올레는 에스페란토에 대한 몇 개의 홍보지를 그 식당에 보내주겠다고 약속했다. 그리고 평소에 많은 사람이 오는 식당에서 언어에 대하여 홍보할 기회를 가져서 기뻐했다.
그 젊은이는 자기는 프랑스 사람이고, 자기의 가족들이, 그가 덴마크의 병원들 사정을 연구하도록 그를 덴마크로 보냈다고 이야기했다. 그는 의사이지만, 아직은 단골환자들을 가지지 않았다. 왜냐하면, 부유한 그의 가족들은, 그가 더 유능하게 되도록, 여러 나라를 돌아보기를 바라고 있어서였다.
먼저 그는 친척들이 있는 덴마크로 여행했다.
그들은 **배드백**과 **룽스테드** 사이의 별장에 산다.
그는 그 날 오후에 코펜하겐에 도착했고, 내일 그들을 방문하기로 했다.

Iu sinjoro sidanta kune kun multaj gastoj ĉe la plej granda tablo alproksimiĝis kaj ĝentile demandis, ĉu la longvo, kiun ili parolas, estas Esperanto.
Ole jesis, kaj tio vekis grandan interesiĝon inter la aliaj gastoj. Ili antaŭe aŭdis pri tiu lingvo, sed neniam spertis ĝian praktikan efikon. Ole promesis sendi al la restoracio kelkajn propagandilojn pri Esperanto, kaj li ĝojis pro tio, ke li trovis okazon propagandi por la lingvo en tiu restoracio, kien ordinare venis multaj homoj.
La junulo rakontis, ke li estas franco, kaj ke lia familio sendis lin al Danlando, por ke li studu la cirkonstancojn ĉe la danaj hospitaloj. Li estas kuracisto, sed ankoraŭ ne havas klientaron, ĉar lia familio, kiu estas riĉa, deziras, ke li vizitu diersajn landojn, por ke li fariĝu pli lerta.
Unue li do vojaĝis al Danlando, kie li havas parencojn. Ili loĝas en vilao inter Vedbaek kaj Rungsted. Li alvenis al Kopenhago ĉi tiun posttagmezon, kaj li decidis morgaŭ viziti ilin.

올레가 말했다. “그러면, 우리 오늘 저녁을 함께 지냅시다. 나는 이곳 지방 에스페란토 클럽에서 모임이 있다고 압니다. 나는 아주 드물게 참석합니다만, 오늘 우리 클럽회원들을 놀라게 해 줍시다. 그들은 틀림없이 외국인을 만난 것을 기뻐할 겁니다.”
이름이 **두발**이라는 그 젊은이는 기뻐하며 동의했고, 식사 뒤에 그들은 클럽의 모임에 갔다.
프로그램에는 이곳의 어떤 동지가 강연하기로 되어 있었으나, 외국인이 참석했다는 것을 사람들이 알게 되자, 강연을 미루자고 의견을 모았다. 모든 사람이 프랑스의 에스페란토 활동에 대해 무언가를 듣고 싶어 했기 때문이다. 그 젊은이는 그에 대해 씩씩하고 유창하게 이야기했다.
그는 얼마 전에 많은 덴마크 에스페란티스토들이 무리지어 그의 클럽에 찾아왔던 것도 이야기했다.
진정한 에스페란티스토 정신이 그 모임에 가득했다.
나중에 사람들은 **엘시노어**에 있을 여름 휴가 강습회에 대해 이야기를 나누었고, 그 클럽의 여자 회장은 그에 관한 안내서를 나누어 주었다. 그것으로 해서 두발 씨는 자기도 참가하기로 마음을 굳힐 만큼 흥미를 느꼈다. 그로 해서 올레는 들떠서, 자기도 마지막 주 동안만은 참가하리라는 약속을 했다.

- Do, - diris Ole, - ni estu kune hodiaŭ vespere. Mi scias, ke la loka klubo havos kunvenon. Nur tre malofte mi havas tempon por ĉeesti, sed nun ni surprizu miajn samklubanojn.
Ili certe ĝojos renkonti eksterlandanon.
La junulo, kies nomo estis Duval, kun ĝojo konsentis, kaj post la manĝo ili iris al la klubkunveno.
Laŭ la programo iu loka samideano devis fari prelegon, sed kiam oni eksciis, ke eksterlandano ĉeestas, oni interkonsentis pri prokrasto de la prelego, ĉar ĉiuj deziris aŭdi ion pri la franca movado Esperanta.
Vigle kaj flue la junulo parolis pri ĝi. Li menciis, ke antaŭ nelonge vizitis lian klubon multaj danaj Esperantistoj per karavanvojaĝo.
La vera Esperantista spirito regis la kunvenon.
Poste oni interparolis pri la venonta somerferia kurso en Elsinoro, kaj la prezidantino de la klubo disdonis prospektojn pri ĝi. Per ĝi s-ro Duval tiom interesiĝis, ke li decidis partopreni.
Tiam Ole entuziasmiĝis kaj promesis, ke ankaŭ li ĉeestos, sed nur dum la lasa semajno.

그는 삼 년 동안이나 휴가를 즐기지 못했다. 그러나 지금 진정한 에스페란토 휴가를 보내기로 했고, 그 때문에 모든 사람이 기뻐했다.
마침내 사람들은 헤어졌다.
올레는 두발 씨를 그의 호텔로 데려다주었다.

Dum tri jaroj li ne feriis, sed nun li decidis pasigi eran Esperanto-ferion, kaj pro tio ĉiuj ĝojis. Fine oni disiĝis. Ole akompanis s-ron Duval al lia hotelo.

제14장 올레의 꿈

집으로 돌아와서, 그는 오랫동안 생각에 잠겨 앉아 있었다. 그는 삶에 대해 기뻐하고, 자기 일을 즐거워하며, 친구들을 좋아한다. 그러나 그의 집은 그에게 참된 집으로 생각되지 않는다. 그 집을 활기차게 할 수 있고, 피곤한 그가 돌아오는 저녁에 그를 기다릴 아내가 없다. 그에게는 자기의 기쁨과 슬픔을 함께 나눌 수 있는 사람이 없다. 그에게는 일하여 벌어먹일 아이들도 없다. 그는 비르기트에 대해 생각하고 한숨을 쉰다. 그녀는 어디에 있는가? 그녀는 그에 대해 한 번도 생각하지 않는가? 다른 남자가 그녀의 마음을 차지했다면, 그는 그녀를 이해할 수 있을 것이다. 그러나 그런 일은 정말로 일어나지 않았다. 그는 그날 저녁 따라 그녀를 더욱 가까이 느낀다. 그러나 ---
그는 다른 여자와 가정을 꾸밀 것인가? 그는 언젠가 자기가 아플 때 보살펴 주었던 동갑내기 간호사에 대해 생각한다. 그때부터 그녀는 그에게 변함없이 믿음을 보여준다.
그리고, - 만약 비르기트가 없다면 - 아니, 아니야, - 그는 다른 누구와도 결혼할 수 없다.
이상하게도 비르기트는 한 번도 덴마크를 찾아오지 않았다! 그러나 그녀의 친척 누구 하나 이곳에 없는 것도 사실이다. 그녀는 에스테르의 죽음을 애도하는가?

DEK-KVARA ĈAPITRO

Reveninte hejmen, li sidas longe pripensante. Li ĝojas pro la vivo, ĝojas pro sia laboro, ŝatas siajn amikojn, sed lia hejmo ne ŝajnas al li vera hejmo. Mankas edzino, kiu povus vivigi la hejmon, kiu atendus lin vespere, kiam li laca revenas. Mankas al li iu, kun kiu li povus dividi siajn ĝojon kaj ĉagrenojn. Mankas al li ankaŭ infanoj, por kiuj li povus labori.
Li pensas pri Birgit kaj ĝemspiras. Kie ŝi estas? Ĉu neniam ŝi pensas pri li? Li povus kompreni ŝin, se alia viro estus akirinta ŝian koron. Sed tio ja ne okazis. Li sentas ŝin proksima al li en tiu vespero, sed tamen…
Ĉu li fondu hejmon kun alia virino? Li pensas pri samaĝa flegistino, kiu iam flegis lin, kiam li estis malsana. De tiu tempo ŝi konstante montras al li fidelecon, kaj - se ne Birgit ekzistus - - ne, ne, - - li ne povas edziĝi al iu alia. Strange, ke Birgit neniam vizitis Danlandon! Sed ŝi ja ne havas parencojn ĉi tie. Ĉu ŝi funebras pro la morto de Ester?

그는 에스테르의 무덤에 꽃을 보냈고, 후에 한네의 감사 카드를 받았다. 그러나 그 농장에 대해서나, 그녀의 앞날이 어떻게 될 것인지는 아무것도 듣지 못했다.
에스테르가 죽은 뒤 처음 며칠 동안, 그는 갖가지 필요한 일을 해서 한네를 도와줄 수 있을까를 물어보려고 생각했다. 그러나 그녀가 부유하다는 것을 아는 그로서는, 그녀가 틀림없이 도움을 필요로 하지 않으리라고 믿었다. 그는 성가시게 하고 싶지 않았고, 자기가 잘 알지도 못하는 한네를 도우려는 참된 까닭은, 어쩌면 있을지도 모르는 비르기트와의 관련에 대한 숨겨진 바램 때문이라는 것을 자신도 부정할 수 없었다.
우리 사람들이란 얼마나 이기적인가! 우리는 언제나 우리 자신을 생각하고, 우리 자신을 만족시키기 위해 우리가 하는 모든 일을 한다. 소위 좋은 일이라는 것도 어찌 보면 이기주의의 연장이다.
그렇게 생각하면서 올레는 제 책상에 앉은 채 잠이 들었다.
그는 꿈을 꾸었다.
그는, 헌신적으로 사람들을 돕고, 자기를 죽게 한 자들에게도 화를 내지 않은 예수님을 보았다.
예수님은 그에게 자기 손을 벌리고 말했다.
"나처럼 되어라!" 다음에 올레는 자기의 온 삶을 보았고, 그가 했던 모든 것에서, 세속적인 것에 대한 자기의 집착과 부질없음을 보았다.

Li sendis florojn al ŝia tombo, kaj poste ricevis dankokarton de Hanne, sed nenion li aŭdis pri la bieno aŭ kiel la estonteco estas aranĝita por ŝi. En la unuaj tagoj post la morto de Ester, li pripensis demandi, ĉu li povas helpi Hanne pri la diversaj necesaj aferoj. Sed sciante, ke ŝi estas riĉa, li konvinkiĝis, ke ŝi certe ne bezonas helpon. Li ne volis esti trudema, kaj al si mem li ne povis nei, ke la ĉefkaŭzo de lia helpemo al Hanne, kiun li nur malmulte konis, estis kaŝita espero pri eventuala rilato kun Birgit. Kiom egoistaj ni homoj estas!
Ĉiam ni pensas pri ni mem, kaj ĉion kion ni faras, ni faras por kontentigi nin mem. Eĉ la tiel-nomataj bonaj agoj iamaniere entenas egoismon. Tiel revante Ole ekdormis sidante ĉe sia skribotablo. Li sonĝis.
Li vidis Jezuon, kiu ofereme helpis la homojn kaj eĉ ne koleris kontraŭ tiuj, kiuj kaŭzis Lian morton.
Jezuo etendis siajn manojn al li kaj diris: "Estu tia, kia mi!" Poste Ole vidis sian tutan vivon, kaj en ĉio, kion li faris, li vidis sian ĉason je populareco kaj sian vantecon.

그는 자기가 비르기트에게 한 번도 편지를 쓰지 않았던 참된 까닭은 별 것 아닌 모욕감 때문이었다는 것도 고백해야만 했다. 그러나 조금씩 예수님의 영상은 그의 꿈속에서 사라지고, 무언가 부탁하듯이 그를 바라보는 비르기트의 부드러운 모습으로 바뀌었다.
그는 갑자기 잠이 깼다. 전화가 울리고 있었다. 여자 목소리가 그에게 곧 와달라고 부탁했다. 그녀의 아이는 심하게 아파서 누워 있다. 저녁때만 해도 그 아이는 아주 건강했지만, 나중에 갑작스러운 기침이 그 애를 거의 숨 막히게 하는 것이다. 그녀는 홀어미이고, 가진 것이라곤 그 애뿐이다. 그녀는 돈이 없다. 의료보험료를 낼 수도 없었다. 그러나 그녀는 그가 자주 무료로 도와준다고 들었다. 그가 가려고 할까?
그는 증세에 대해서 몇 가지 물었고, 곧 그녀의 집으로 가겠다고 약속했다. 그는 다른 모든 것을 잊어버렸다. 그는 서둘러서 도우러 간다.
아침에 그는 피곤했지만 즐거운 기분으로 돌아왔다. 그는 그 아이를 구해내서 기뻤다. 그는 제 꿈을 생각하면서 하나님께 감사했다. 자기를 도왔기 때문에.
그는 비르기트가 어떻게 지내는가를 알아보기로 스스로 다짐했다.
이튿날 그는, 에스테르의 말에 따르면, 언젠가 비르기트가 일했다는 영국의 병원에 편지를 썼다.

Li devis ankaŭ konfesi, ke la vera kaŭzo, ke li neniam skribis al Birgit, estis nur lia ofendita vanteco. Sed iom post iom malaperis en lia sonĝo la bildo de Jezuo kaj anstataŭiĝis per la mildaj trajtoj de Birgit, kiuj petante rigardis lin. Subite li vekiĝis. La telefono sonoris. Virina voĉo petis al li tuj veni. Ŝia infano kuŝas grave malsana. En la vespero la infano estis tute sana, sed poste subita tuso preskaŭ sufokas ĝin. Ŝi estas vidvino kaj havas nur tiun solan infanon. Ŝi ne havas monon, ŝi ne povis pagi sian asekuron pri malsano, sed ŝi aŭdis, ke li ofte helpis senpage. Ĉu li volas veni?
Li faris kelkajn demandojn pri la simptomoj kaj promesis tuj veni al ŝia adreso. Ĉion alian li forgesis. Rapide li iris por helpi.
En la mateno li revenis, laca, sed ĝoja. Li estis feliĉa, ĉar la knabo saviĝis. Pripensante sian sonĝon, li dankis Dion, ĉar Li helpis lin. Li promesis al si mem esplori, kiel fartas Birgit.
La postan tagon li skribis al la hospitalo en Anglujo, en kiu laŭ la vortoj de Ester iam laboris Birgit.

두 주가 지났고, 그의 편지는 "수취인 불명"이라는 글이 적혀 돌아왔다.
바로 그즈음 그 병원의 교수는 다른 도시로 옮겨 살았고, 비르기트는 간호사들 가운데 아무에게도 자기의 덴마크 주소를 주지 않았었다.
또다시 깨어진 희망

그것은 비르기트가 **엘시노어**에서 열리는 여름 휴가 강습회에 참가하기로 마음을 먹었던 바로 그 날 저녁에 일어난 일이다.

Du semajnoj pasis, kaj lia letero revenis kun la surskribo "La adresato nekonata". Ĝuste en tiuj tagoj la profesoro de la hospitalo transloĝiĝis al alia urbo, kaj al neniu el la flegistinoj Birgit estis doninta sian adreson en Danlando.
Denove rompita espero!
\- - -
Tio okazis en la sama vespero, kiam Birgit decidis partopreni la someran ferian kurson en Elsinoro.

제15장 엘세의 불행

배드백에 가까운 바닷가의 작은 별장에 어느 어머니가 자기의 열아홉 살 된 아들과 함께 살고 있다.
거의 20년 전에 그녀는 아직 태어나지 않은 아이를 가진 채 프랑스에서 왔다. 그것은 제1차 세계대전 바로 뒤의 일이다. 그녀는 덴마크 사람이지만, 기술자인 프랑스 사람과 결혼했다. 그는 전쟁에 나갔다. 전쟁이 끝나기 조금 전에 그는 휴가를 얻어 자기 집을 찾아왔다가 커다란 슬픔을 안고 다시 자기 아내를 떠났다. 의무가 그를 부르는 것이다.
그때 찾아온 뒤로 그는 돌아오지 않았다. 프랑스의 잡지들에서는 그를 행방불명자로 알렸다. 그녀는 그로부터 아무 소식도 없게 되자, 그가 죽었다고 믿었다. 조금 부유했던 그녀의 부모는 그녀에게 친정으로 돌아오라고 했다. 그녀는 돌아갔다.
아기가 태어났을 때, 그들은 그녀에게 그 아름다운 별장을 선물했고 그녀는 남편이 남긴 적지 않은 재산으로 지금까지 그곳에서 평온하게 살 수 있었다.
그녀의 이름은 **엘세 니콧**이다.
그녀는, 제 아버지와 꼭 닮은 아들과 함께 행복하게 살고 있지만, 때때로 잃어버린 남편을 생각한다.

DEK-KVINA ĈAPITRO

En malgranda vilao ĉe la marbordo proksime al Vedbaek loĝas patrino kun sia 19-jara filo.

Antaŭ proksimume 20 jaroj ŝi venis de Francujo kun sia ankoraŭ nenaskita infano. Tio okazis tuj post la unua mondmilito. Ŝi estas danino, sed edziniĝis al franco, inĝeniero. Li partoprenis la militon. Iom antaŭ la fino li havis forpermeson kaj vizitis sian hejmon. Kun granda malĝojo li denove forlasis sian edzinon, sed la devo lin vokis.

Post tiu vizito li ne revenis. En la franca gazetaro oni deklaris lin inter tiuj, kies sorton oni ne konas. Kiam ŝi nenion aŭdis de li, ŝi kredis lin mortinta. Ŝiaj gepatroj, kiuj estis iom riĉaj, petis ŝin reveni hejmen. Ŝi revenis.

Kiam la infano naskiĝis, ili donacis al ŝi tiun belan vilaon, kaj tie ŝi ĝis nun povis pace vivi per la ne malgranda kapitalo, kiun ŝia edzo postlasis al ŝi. Ŝia nomo estas Else Nicot.

Feliĉe ŝi vivas kune kun sia filo, kiu tre similas al sia patro, sed ofte ŝi pensas pri sia perdita edzo.

두발 씨가 그들을 찾아간다.
그는 니콧 씨의 조카다.
그는 진정으로 환영받는다. 엘세는 언제나 즐거이 자기의 프랑스 친척들을 맞아들이는 것이다. 그녀는, 그가 덴마크의 수도에 있는 병원들을 둘러 볼 동안 자기와 아들 곁에 머물도록 그를 초대한다. 그는 흔쾌히 그 초대를 받아들인다.
어느 날 저녁, 그들 셋 모두는 정원에 앉아 있다. 엘세의 아들은 자기 아버지처럼 기술자가 되려 한다. 그는 얼마 전에 대학 시험에 합격했다.
두발 씨는 자기 집과 여행, 그리고 전날 코펜하겐에 도착한 것에 관해 이야기한다. 또 식당에서의 경험도 이야기한다. 엘세의 아들 **쟝**은 곧 에스페란토에 흥미를 느끼고, 그 언어에 대해 뭔가 듣고 싶어 한다. 두발 씨는 **자멘호프** 박사에 대해서, 그 언어의 구조에 대해서, 그 운동에 대해서 그리고 많은 프랑스의 동지들에 관해서 이야기한다. 끝으로 그는 자기가 국제 학교에서 보내기로 마음을 정한 그 여름 휴가에 관해서 이야기한다.

Al tiuj homoju venas s-ro Duval. Li estas filo de kuzo de s-ro Nicot.
Kore bonvena li estas, ĉar Else ĉiam kun ĝojo akceptas siajn francajn parencojn. Ŝi invitas lin resti ĉe ŝi kaj ŝia filo, dum kiam li vizitados la hospitalojn en la dana ĉefurbo. Kun ĝojo li akceptas la inviton.
Iun vesperon ili ĉiuj tri sidas en la ĝardeno. La filo de Else intencas fariĝi inĝeniero, kiel lia patro. Li ĵus sukcesis en sia studenta ekzameno.
S-ro Duval rakontas pri sia hejmo, pri la vojaĝo kaj pri sia alveno al Kopenhago la antaŭan tagon. Ankaŭ pri la travivaĵo en la restoracio li rakontas. Jean, la filo de Else, tuj interesiĝas pri Esperanto, kaj deziras aŭdi ion pri tiu lingvo. S-ro Duval rakontas pri d-ro Zamenhof, pri la strukturo de la lingvo, pri la movado kaj pri la multaj gesamideanoj en Francujo. Fine li rakontas pri la somera ferio, kiun li intencas pasigi en la internacia altlernejo.

열중한 장은 자기도 그 언어를 배우고 싶다고 말하고, 그의 어머니는 강습회에 참가하도록, 미소를 지으며 허락한다.
"하지만 나는 정말 아무것도 알아듣지 못할걸요!"
"넌 그것을 곧 배울 거야." 두발 씨가 말한다.
"내일 내가 편지를 쓰고 자리를 예약할 거야. 물론 나는 네가 초보자이고 **체-강습회**에 참가할 것이라고 말해 놓겠어."
"체-강습회는 무엇인데요?"
"체-강습회는 체-방식을 응용하는 초급 강습인데, 말하자면 교재 없이 회화하는 교수 방법이야. 너는 곧 에스페란토로 말하는 것을 배울 거야. 너는 틀림없이 덴마크 말을 모르는 외국인 선생을 만날 것이니까."
두 젊은이는 오랫동안 이야기를 나누면서 앉아 있다.
그동안에 엘세는 방 안에 들어가 그랜드 피아노를 열고 연주하기 시작한다. 그녀는 매우 잘 연주한다.
그녀는 나지막이 프랑스 노래를 부른다. 두발 씨가 온 것은 그녀에게, 남편이 살아있던 때의 기억을 되살렸다. 그는 정말 죽었는가? 그래, 반드시. 그렇지 않다면, 그녀로부터 멀리 사라져 버릴 리가 없지 않겠는가, 그녀는 제 결혼반지를 바라보고 한숨을 쉰다.

Jean kun entuziasmo diras, ke ankaŭ li deziras lerni tiun lingvon, kaj lia patrino ridetante permesas al li, ke ankaŭ li partoprenu la kurson.
- Sed mi ja nenion povos kompreni!
- Tion vi baldaŭ lernos, - diras s-ro Duval.
- Morgaŭ mi skribos kaj mendos lokon. Kompreneble mi mencios, ke vi estas komencanto kaj partoprenos la Cseh-kurson.
- Kio estas Cseh-kurso?
- Cseh-kurso estas elementa kurso, kiu aplikas la Cseh-metodon, t.e. instrumetodo konversacia sen lernolibro. Vi tuj lernos paroli Esperanton, ĉar vi vereŝajne havos eksterlandan instruiston, kiu ne scias la danan lingvon.
La du junuloj sidas longtempe interparolante. Intertempe Else eniras en la salonon, malfermas sian grandpianon kaj komencas ludi. Bonege ŝi ludas. Mallaŭte ŝi kantas francan kanton. La alveno de s-ro Duval vekis en ŝi memorojn pri la tempo, kiam vivis ŝia edzo. Ĉu li vere mortis? Jes, nepre.
Se ne, li ne povus malaperi for de ŝi. Ŝi rigardas sian edzinan ringon kaj ĝemas.

그녀는 다시, 자기 남편이 가끔 불렀던 짧은 노래를 부른다,
진실은 언제나 이긴다!
오랫동안 숨겨진
그 진실도 언젠가는
새롭게 태어나리라.
죽을 운명으로 만들어진 거짓말은
언제나 죽음 속에 남으리.
이겨낸 진실이여, 너는
하나님께서 창조한 빛이어라.
그녀가 노래하고 있었을 때, 한 남자가 응접실로 들어와, 엘세의 어깨 위에다 자기 손을 얹고는 말한다.
"당신 참 아름답게 노래하는군, 사랑스러운 엘세."
엘세는 재빨리 일어나서 그의 손을 뿌리쳤다.
"누가 당신에게 나를 엘세라 부르도록 허락하였나요? 나는 당신의 억지를 늘 뿌리쳤습니다. 나는 참을 수 없어요."
그 남자는 웃음을 터뜨렸다.
"당신은 머지않아 내 사람이 되리라는 것을 나는 확신해요. 당신은 지난해 내가 꾸어준 돈을 어디서 구해서 갚아 주겠소? 또 당신의 사랑스러운 아들이 공부를 계속할 돈을 어디서 마련하겠소?"
창백한 얼굴을 한 엘세는 떨리는 입술로 그가 나가도록 요구했다.

Denove ŝi kantas tiun etan kanton, kiun ŝia edzo ofte kantis:

La vero venkas ĉiam!
Dum longa temp' kaŝita
aperos tamen iam
la vero nov-naskita.
En morto ĉiam restos
mensogo - mortnaskita.
Venkinta ver', vi estos
la lum' de Di' kreita.

Kiam ŝi kantis, venis sinjoro en la salonon, metis ambaŭ siajn manojn sur la ŝultrojn de Else, dirante:

- Kiel belege vi kantas, kara Else.

Else rapide ekstaris kaj forŝovis liajn manojn.

- Kiu permesis al vi nomi min Else ? Vian altrudemon mi ofte rifuzis. Mi ne toleras ĝin.

La sinjoro ridegis.

- Estu certa pri tio, ke baldaŭ vi estos mia. De kie vi povos havigi al mi tiun sumon, kiun mi pasintjare pruntedonis al vi, kaj la monon necesan, por ke via amata filo faru siajn pluajn studojn? Pala kaj kun tremantaj lipoj Else postulis, ke li foriru.

그는 나갔으나, 자기 뒤의 문을 닫기 전에 비웃으며 말했다.
"지금 나는 가지만, 석 달 뒤에 돌아올 것이요. 만약 당신이 그때 갚을 수 없다면, 나는 머무를 거요. 나는 당신에게 일 년 기한으로 그 돈을 빌려주었어요. 그때면 그 기한이 지나갑니다. 자 아름다운 부인, 나는 참을성을 잃었어요. 나는 언제나 당신에게 잘 대했소. 당신에게 돈이 필요했을 때, 당신은 나를 찾을 수 있었는데, 이제 내가 그 보답으로 조금의 친절을 바라자, 당신은 나에게 문을 가리킵니다. 지금 당신 스스로 당신의 미래를 고를 수 있어요. 당신이 내 아내가 되거나 아니면 내가 제날짜에 내 돈을 다시 요구하겠소. 그러면 당신의 편안한 생활은 끝나고 말 것이고, 당신이 모든 것을 다 바치겠다던 당신 아들의 공부도 끝이오."
그는 문을 쾅 닫았다.
엘세는 눈에 눈물을 머금은 채 서서 그가 나간 그 문을 바라보았다. 한때 그녀는 적지 않은 유산을 받았지만, 아들의 공부에는 많은 돈이 들었다.
그녀는 지금 막 떠난 **스베이스**란 이름의 남자 조언에 따라, 한때 얼마간의 공장 주식을 샀는데, 그 공장은 뒤에 곧 파산했다. 그는 그녀를 완전히 휘어잡으려는 욕망으로 그런 짓을 꾸몄음이 틀림없다.

Li foriris, sed antaŭ ol li fermis la pordon malantaŭ si, li moke diris:
- Nun mi foriras, sed post tri monatoj mi revenos. Se vi tiam ne povos pagi, mi restos. Mi pruntedonis al vi la monon por unu jaro. Tiam tiu tempo estos pasinta. Nu, bela sinjorino, mi perdis la paciencon. Ĉiam mi faris al vi bonon. Kiam vi bezonis monon, vi povis trovi min, sed nun, kiam mi rekompence deziras iom da afableco, vi montras al mi la pordon. Nun vi mem povas elekti vian estontecon. Vi fariĝu mia edzino aŭ mi repostulos mian monon en l ĝusta tago.
Finita do estos via komforta vivo kaj la studado de via filo, por kiu vi laŭ viaj propraj vortoj faros ĉion.
Li ĵetfermis la pordon. Kun larmoj en la okuloj Else staris kaj rigardis la pordon, tra kiu li foriris. Iam ŝi heredis ne malgrandan kapitalon, sed la studado de ŝia filo estis multekosta.
Laŭ konsilo de li, kiu ĵus foriris, kaj kies nomo estis Svejs, ŝi iam aĉetis kelkajn akciojn en fabriko, kiuj tuj poste bankrotis. Tion li verŝajne aranĝis nur, por ke li tute regu ŝin.

처음에 그녀는 그를 좋아했다. 그는 언제나 그녀와 그녀의 아들에게 친절했기 때문이었다. 요즈음에 와서야 그녀는 그의 본뜻을 알아차렸다. 그에게는, 자기가 그녀를 도울 수 있도록, 그녀가 돈을 잃는 것이 바랄만한 일로 보였다. 그러나 그 짓이 그녀에게는 조금씩 드러났을 뿐이었다.
그는 잘 생겼으나, 그 눈들은 그가 믿지 못할 사람이라는 것을 보여주었다. 그것들은 검고, 작았으며, 언제나 이리저리로 움직였다. 그러나 그는 처음에 엘세에게 우정의 느낌을 줄 줄을 알았다. 그러므로 그녀는 주식에 대한 그의 조언을 따랐다. 뒤에 그는 그녀에게, 뜻밖의 실패로 그 공장이 파산하게 되었다고 둘러댔다. 엘세가, 이제 돈이 없어 곤란하리라는 이야기를 했을 때, 그는 곧 자기 돈을 빌려 가라고 제안했다. 그녀가 언제 그 돈을 갚아야겠느냐고 물었으나, 스베이스 씨는, 그것은 바쁠 것 없다고 대답했고, 그래서 엘세는 그 돈을 빌렸다. 그녀는 자기 친척들로부터 돈을 청하고 싶지 않았기 때문이었다.
나중에서야 그는 자기의 본뜻을 나타냈고, 엘세가 그 때까지 그에게 가졌던 친밀한 느낌은 이제 말끔히 가셨다. 그리고 그에 따라서, 그녀의 마음속에는 그의 인격에 대한 배반감과 미움만이 가득했다.

Komence ŝi ŝatis lin, ĉar li ĉiam estis afabla al ŝi kaj al ŝia filo. Nur dum la lasta tempo ŝi rimarkis lian veran intencon.
Al li ŝajnis dezirinde, ke ŝi perdu sian monon, por ke li povu helpi ŝin. Sed nur iom post iom tio klariĝis al ŝi.
Li estis bela, sed liaj okuloj montris, ke li estas nefindinda.
Ili estis nigraj, malgrandaj, kaj ĉiam ili sin movadis tien kaj reen. Tamen li komence sciis doni al Else senton de amikeco. Tiam ŝi sekvis lian konsilon pri la akcioj. Poste li klarigis al ŝi, ke hazarda malsukceso en la fabriko kaŭzis ĝian katastrofon. Kiam Else rakontis al li, ke ŝi nun havos malfacilaĵojn pro manko de mono, li tuj proponis al ŝi pruntepreni sumon de li. Ŝi demandis, kiam ŝi repagu la sumon, sed s-ro Svejs respondis, ke tio ne urĝas, kaj tial Else pruntepreniis la monon, ĉar ŝi ne deziris peti monon de siaj parencoj. Nur poste li montris sian veran intencon, kaj kvankam Else ĝis tiam havis amikajn sentojn al li, ili nun tute ŝanĝiĝis. Kaj el tio sekvis, ke en ŝi ekestis nur antipatio kaj abomeno kontraŭ lia persono.

그녀는 이제 무엇을 할 것인가? 그녀는 어떻게 해서 아들의 학비를 마련할까?
물론 그녀는 자기의 보석들을 팔 수도 있을 테지만, 그 값이 충분히 큰돈이 될까? 그뿐 아니라, 그것들은 물려받은 것들인데, 약간은 친척들로부터이고, 약간은 남편으로부터 받은 것이다. 그녀는 다른 친척들에게, 혹시 그것들을 사려는지를 물어보지 않고 낯선 사람에게 팔 권리가 있는가? 그러나 그렇다고 해도, 그들은 그녀의 곤란함을 알 텐데. 그리고 쟝은 그녀의 부주의 때문에 괴로워해야 하는가? 그는 지금 걱정 없이 살고 있고, 언제나 그녀를 믿어왔던 게 아닌가? 그의 아버지, 그이가 만약 살아있다면, 그녀가 무엇보다도 자기네 아들의 운명을 걱정하기를 바랄 텐데.
“나를 용서해줘요. 쟝.” 그녀는 나지막이 말한다. 아들의 이름도 남편의 이름을 그대로 따서 지었다.
“만약 당신이 있는 그곳에서 나를 볼 수 있다면, 내가 최선의 길을 가도록 나를 도와줘요.”
그녀는 두 젊은이의 목소리를 듣고, 눈물을 닦고 미소를 띠어야만 했다. 그녀는 언제나 낙천적 마음을 가졌고 이제 이렇게 생각했다.
‘아마 무슨 방법이 있을 거야. 이 젊은이들은 내가 스베이스 씨에게 돈을 갚아야 할 때까지 적어도 석 달은 즐겁게 지내도록 해야지.’
그녀는 이런 말들을 기억했다.

Kion ŝi nun faru? Kiamaniere ŝi havigu al si monon por la studado de sia filo?
Kompreneble ŝi povus vendi siajn juvelojn, sed ĉu la sumo por ili estus sufiĉe granda? Krom tio ili estas heredaĵoj, parte de ŝiaj propraj parencoj, parte de tiuj de ŝia edzo. Ĉu ŝi rajtas vendi ilin al fremduloj, ne demandinte la ceterajn parencojn, ĉu ili deziras aĉeti ilin? Tamen, se jes, ili ekscius pri ŝiaj malfacilaĵoj. Kaj Jean, ĉu li suferu pro ŝia nesingardo? Li, kiu nun vivas senzorge kaj ĉiam fidis ŝin?
Lia patro, se li vivus, certe dezirus, ke ŝi unue pripensu la sorton de ilia filo.
- Pardonu min, Jean, - ŝi mallaŭte diras al sia edzo, laŭ kiu ŝi eknomis la filon. - Se vi povas vidi min de tie, kie vi estas, helpu min, por ke mi faru la plej bonan.
Ŝi aŭdis la voĉojn de la du junuloj, sekigis siajn okulojn kaj devigis sin rideti. Ŝi ĉiam havis optimisman animon, kaj ŝi pensis:
- Eble mi vidos iun savon. La junuloj almenaŭ ĝuu la tri monatojn, ĝis kiam mi devos pagi al s-ro Svejs.
Ŝi memoris la vortojn:

당신은 많은 괴로운 아픔들을 이겨냈고,
어려움의 산들은 사라졌으나,
생기지도 않을 일의 덧없는 두려움으로,
마음은 자주 괴로와하네.

그렇게 자신을 위로한 그녀는 그 젊은이들의 대화에 끼어들 수 있었다. 그녀는, **미카버** 씨가 '무언가 분명히 자신을 드러내리.'라고 한 것과 같은 심정이었다.

Vi multajn amarajn dolorojn konkeris,
kaj montoj de malfacilaĵ' malaperis,
sed ofte suferis pro sencela timo
de neokazonta okaz' la animo.

Tiel konsolite ŝi povis partopreni la interparolon. Ŝi sentis kiel s-ro Micawber: "Io certe sin montros".

제16장 국제 학교

7월이 오고, 그와 함께 여름 휴가 강습회의 참가자들이 도착하는 그날이 온다.
무척 아름다운 날씨에 해는 반기는 듯 빛난다.
국제 학교의 아름다운 마당으로는, 기차역으로부터 그 목적지로 향하는 손님들을 실어 나르는 자동차들이 꼬리를 문다.
교장이 모든 손님을 친절한 말로 맞아들이고 반긴다. 많은 사람이 매우 먼 나라로부터 긴 여행을 지나왔다. 그들은 마침내 목적지에 도착하고 또 그 말을 알아듣고서는 기쁨으로 환한 표정들이다. 외국 땅이지만 그들은 처음부터 집에 있는 듯 편안함을 느낀다.
많이 배우지 못한 다른 수강생들은 도착했을 때 써먹으려고 도중에 몇 마디 말들을 준비했었다. 하지만 자동차가 멎고 교장이 자기소개한 그 순간에, 그들은 아무 말도 못 하거나 아니면 겨우 몇 마디를 더듬거릴 뿐이다. 그들은 아직 아무런 말하는 연습을 하지 못했기 때문이다. 하지만 이틀, 사흘을 지나는 동안 그들은 씩씩하고 유창하게 에스페란토로 말하는 것을 배울 것이다.

DEK-SESA ĈAPITRO

Julio venas, kaj kun ĝi la tago, kiam alvenos la partoprenontoj de la somera feria kurso.
Belega vetero, la suno brilas bonvenige. En la belan korton de la internacia altlernejo enveturas aŭtomobilo post aŭtomobilo portante la gastojn de la fervoja stacio al ilia celo.
Ĉiujn gastojn akceptas kaj bonvenigas per afablaj vortoj la kursestro. Multaj faris longan vojaĝon de tre malproksimaj landoj. Pro feliĉo ili radias, kiam ili fine alvenas kaj denove komprenas lingve. Tuj de la komenco ili sentas sin hejme, kvankam en framda lando.
Aliaj kursanoj ne lernintaj multe, survoje preparis kelkajn frazojn por diri ĉe sia alveno. Sed en tiu momento, post kiam haltis la aŭtomobilo, kaj post kiam la kursestro sin prezentis, ili povas diri nenion aŭ nur kelkajn vortojn balbute, ĉar ili ankoraŭ ne havas ian parolekzercon. Sed, - en la daŭro de nur du ĝis tri tagoj ili lernos vigle kaj flue paroli Esperante.

그 학교의 씩씩한 교감은 많은 방으로 수강생들을 나누어 보내는 일을 맡아서 한다. 그들 중에서 얼마 안 되는 사람들만이 독방을 얻는다. 다른 사람들은 둘, 셋 또는 넷이 한방을 쓴다.
같은 나라의 수강자들은 같은 방을 쓸 수 없다. 그런 식으로, 강습 기간 모두들 에스페란토만으로 이야기하도록 만든다.
젊고 호의적인 남자들은 여러 방으로 큰 짐들을 날라다 주어, 그 도착한 사람들을 도운다. 같은 방을 쓰는 사람들은 서로 알게 되고, 그 나라들의 환경 등에 대해 서로 물어보고, 서로 친해진다. 그 우정은 평생을 두고 이어지는 것이 보통이다.
첫날 저녁에 대강당에서는 장엄한 개회식이 있다. 이제 합쳐서 백 오십 명의 동지들이 열네 개 나라에서 도착했다. 온 대강당의 활기찬 잡담을 교장의 종소리가 멎게 한다. 그 순간 모두 조용해진다. 에스페란토 찬가의 첫 피아노 반주가 들린다. 모두 일어선다.
모두 열심히 그 잘 알려진 구절들을 노래한다.
이 세상으로 새로운 느낌이 와서,
온 세상을 지나 힘찬 외침이 가네.

La vigla inspektoro de la altlernejo aranĝas la distribuon de la kursanoj al la multaj ĉambroj. Nur malmultaj el ili ricevas unupersonan ĉambron. La aliaj loĝas du-, tri- aŭ kvarope. Samnaciaj kursanoj ne loĝu en la samaj ĉambroj. tiamaniere oni devigas ĉiujn paroli nur Esperanton dum la kurstempo.
Junaj helpemaj viroj helpas la alvenintojn pri la transporto de la kofroj al la diversaj ĉambroj. La samĉambranoj interkonatiĝas, demandas sin reciproke pri cirkonstancoj ktp. en ilia lando, interamikiĝas. Tiu amikeco plej ofte restas dumviva.
En la unua vespero okazas la solena malfermo en la granda prelegejo. alvenis nun ĉiuj, 150 gesamideanoj el 14 diversaj landoj. Viglan interbabilon tra la tuta granda prelegejo interrompas la sonorilo de la kursestro. En la sama momento ĉiuj eksilentas. La unuaj pianaj tonoj de la Esperanta himno aŭdiĝas. Ĉiuj ekstaras. Entuziasme oni kantas la konatajn vortojn:
En la mondon venis nova sento,
Tra la mondo iras forta voko.

그 순간은 장엄하고, 엄숙한 어떤 느낌들이 모두의 가슴을 채운다. 모두 자기네들을 하나의 커다란 가족 모임으로 느낀다.
찬가가 끝났다. 모두 앉는다. 많은 사람의 눈이 감동으로 엄숙히 빛난다. 그다음의 조용함이 장중한 효과를 낸다.
이제 단상에는 교장이 섰다. 그는 행복해 보인다. 지금 그의 노력도 성공적인 것이기에. 그는 모두 알아듣도록 크고 분명하고 쉬운 말로 말하기 시작한다. 그는 진심으로 모든 이들을 반기고, 모든 에스페란티스토들에게 높은 언어 수준이 필요함과, 모든 실용적인 분야에 우리 말의 필요함과, 높은 수준의 에스페란토 교사들의 필요함을 말하고, 모두에게 우리말의 내부사상이 가득하기를 빌고, 모든 수강생께 가장 좋은 강습 기간이 되기를 바란다.
다음에는 이 강습회의 여러 교사가 참가자들에게 이야기한다. 모든 연설자에게 열렬한 박수가 뒤따른다.
많은 사람의 가슴에 그들과 같이 우아하고 유창하고 멋있게 우리말을 할 수 있기를 비는 마음이 자리 잡는다.
잘 꾸며진 상들이 갖춰진 큰 교실이 개회식 뒤의 모든 수강자를 기다린다.

- - -

Grandioza estas tiu momento, kaj solenaj sentoj plenigas ĉies brustojn. Ĉiuj sentas sin unu granda rondo familia. Finiĝis la himno. Oni eksidas. La okuloj de multaj pro kortuŝiĝo brilas solene. Impone efikas la posta silento.
Jen staras sur la tribuno la kursestro. Feliĉa li aspektas, ĉar ankaŭ nun lia laboro sukcesas. Li ekparolas, laŭte, klare, per facilaj vortoj, por ke ĉiuj komprenu. Sincere li bonvenigas ĉiujn, parolas pri la neceso de alta lingva nivelo por ĉiuj Esperantistoj, pri la neceso de nia lingvo por ĉiuj praktikaj fakoj, pri la neceso de altkvalita geinstruistaro Esperanta, deziras, ke la interna ideo de nia lingvo regu inter ĉiuj, kaj deziras al la kursanaro kiel eble plej bonan kurstempon.
Poste la diversaj geinstruistoj de la kurso parolas al la ĉeestantaro. Aplaŭdo vigla sekvas post ĉiu parolinto. En multaj koroj ekestas la deziro paroli nian lingvon same elegante, flue kaj bonstile.
Granda salono kun longaj ornamitaj tabloj atendas ĉiujn kursanojn post la kursmalfermo.

같이 커피를 마시는 동안 사람들은 노래하고, 여러 나라로부터의 인사를 듣고, 루마니아 편집자와 다른 익살꾼들의 유쾌한 이야기에 마냥 웃고 또다시 노래한다. 그 교실에는 참으로 국제적이며 화목한 분위기가 가득하다.
그 교실을 나와서 사람들은 빛나는 달을 구경한다. 조용한 여름밤이다. 누구도 선뜻 잠자리에 들려고 하지 않는다. 별이 가득한 하늘 아래서 사람들은 노래한다.
이 땅은 아름답고
하나님의 하늘은 더욱 아름다워라.
에스페란티스토들의 그 목소리는, 그 국제 학교에서 외국어들을 배우는, 에스페란티스토가 아닌 수강생들을 부른다. 그들도 감동되어서, 덴마크어, 영어, 이태리어 그리고 다른 여러 나라말로 노래하기 시작한다.
그들도 또한 국제사상을 존중하는 이상주의자들이지만 여러 나라 사람들 사이의 이해와 화목으로 이끄는 그 길을 아직 모른다.
그들은 아직 우리 말이 그 수단이라는 것을 이해하지 못한다.---
노래가 끝났다. 사람들은 섭섭해하면서 잠자리에 들기 위해 헤어진다.
그래도 아직 몇 시간 동안은, 달빛 밝은 하늘 아래 공원에서 거닐고 있는 여러 쌍을 볼 수 있다.

Dum la komuna kafotrinkado ini kantas, aŭkultas salutojn el diversaj landoj, ridas longe pro la gajaj historioj de rumana redaktoro kaj aliaj bonhumoruloj, kaj denove kantas.
En la salono regas vere internacia harmonia atmosfero. Elirinte el la salono, oni vidas la brilantan lunon. Kvieta somera nokto. Neniu ŝatas jam enlitiĝi. Sub la stelplena ĉielo oni kantas: Bela la tero

ĉiel' de Di' belega.

La voĉoj de la Esperantistoj alvokas aliajn kursanojn neбesperantistajn de la internacia altlernejo, kiuj tie studas fremdajn naciajn lingvojn. Kortuŝite ankaŭ ili ikkantas en dana, angla, itala, kaj en multaj aliaj lingvoj.
Ankaŭ ili estas idealistoj, kiuj ŝatas la internacian ideon, sed ili ankoraŭ ne scias la vojon, kiu gvidos al interkompreno kaj harmonio inter la homoj el diversaj nacioj. Ili ankoraŭ ne komprenas, ke nia lingvo estas tu rimedo. - - - Finiĝis la kanto. Nur nevolonte oni disiĝas por enlitiĝo. Dum ankoraŭ kelkaj horoj oni povas trovi parojn promenantajn en la parko sub la lunhela ĉielo.

제17장 국제 학교의 수업

하지만 마침내는 모든 것이 고요해졌다. 누구나 자야 하니까. 다음날 여덟 시에는 아침을 먹기 위해 모여야 한다. 다음에 강의가 시작된다.
우리 잠깐 여러 교실 창문밖에 서보자.
어느 교실에서 들리는 소리는
"나는 교사입니다. 나는 누구입니까?"
여기는 쟝이 참석하고 있는 체-강습회이다. 이 강습회는 헝가리 교사가 지도한다. 그는 활기차게 초보자들의 흥미를 캘 줄 안다.
또 다른 방으로부터는 'ig'와 'iĝ' 의 차이를 수강생들에게 이해시키려고 애쓰는, 친절한 미소를 짓는 아가씨의 목소리가 들린다.
가르치는 모습의 **사클** 양은 참 매력적이다. 그녀의 모든 수강생은 귀 기울여 듣고 있다.
세 번째 방에서는 남자의 목소리가 들린다.
우리는 곧 교장의 목소리임을 알 수 있다.
"나만이 편지를 씁니다. 나는 편지를 쓸 뿐입니다. 나는 편지만을 씁니다."
그는 능숙한 수강생들에게 에스페란토의 가장 섬세한 말뜻을 가르친다.
첫 시간이 끝났다.

DEK-SEPA ĈAPITRO

Fine tamen ĉio silenas, ĉar dormon ĉiu bezonas. La postan tagon jam je la oka oni devas renkontiĝi por matenmanĝado. Poste komenciĝos la instruado.

Ni staru kelkajn momentojn ekster la fenestroj de ĉiu klasĉambro!

El unu ĉambro oni aŭdas: "Mi estas instruisto. Kio estas mi?" Jen la Cseh-kurso, en kiu Jean partoprenas. Tiun kurson gvidas hungara instruisto. Li scias per sia vigleco kapti la interesiĝon de la komencantoj.

El alia ĉambro oni aŭdas la voĉon de afabla ridetanta fraŭlin, kiu klopodas komprenigi al la kursanoj la diferencon inter "ig" kaj "iĝ". Tre ĉarma estas ŝi, fraŭlino Saxl, kiam ŝi instruas. Ĉiuj ŝiaj multaj kursanoj atente aŭkultas.

El la tria ĉambro aŭdiĝas vira voĉo. Ni tuj rekonas tiun de la kursenstro. "Nur mi skribas la leteron. Mi nur skribas la leteron. Mi skribas nur la leteron". Li instruas al la lertaj kursanoj la plej delikatajn nuancojn de la lingvo.

La unua leciono estas finita.

마당에서 쉬는 동안에 사람들은 잡담하고, 놀고, 담배 피우고 더운 햇볕을 즐긴다.
사클 양은 그 학교의 에스페란티스토가 아닌 몇 사람의 학생들과 에스페란토를 토론한다. 그것을 들어보는 것은 매우 재미있다.
그녀는 한편으로는 독어로, 또는 영어로 때로는 불어로 에스페란토를 변호하기 때문이다.
그녀는 이 모든 말에 정통해 있고, 토론 상대들이 언제나 친절한 것만은 아니고 때로는 **국제어**를 비웃기까지 하지만 그녀는 친절한 미소를 잃지 않고 자신의 총명함과 친절함으로 토론에서 이겨나간다.
곧 휴식시간이 지났다. 그것을 알리는 **루마니아** 편집자는 손뼉을 치면서 에스페란토 문학에 대한 자기 강좌로 수강생들을 불러 모은다. 한 떼의 수강생들이 그의 방으로 들어가고, 다른 한 떼는 활발한 아가씨를 따라 다른 교실로 간다. 거기서 그녀는 에스페란토의 역사에 대해 가르친다. 그녀는 자기 손에 책을 지니고 있다. 자멘호프 박사가 발행한 제 일서이다. 그녀는 자랑스럽게 그것을 수강생들에게 보인다.
"누구든 제게서 저의 모든 것을 훔칠 수 있습니다.

En la korto oni dum la paŭzo babilas, ludas, fumas kaj ĝuas la varman subrilon.
F-ino Saxl diskutas pri Esperanto kun kelkaj ne-esperantistaj lernantj de la altlernejo. Estas tre interese aŭskulti tion, ĉar ŝi defendas la Esperantan lingvon jen en germana, jen en angla kaj jen en franca lingvo. Ĉiujn ĉi lingvojn ŝi regas, kaj kvankam la atakantoj ne ĉiam estas afablaj, sed kelkfoje eĉ mokas la internacian lingvon, ŝi konservas sian afablan rideton kaj venkas pere de siaj saĝecon kaj afableco.
Baldaŭ la paŭzo pasis. Ton montras rumana redaktoro, kiu manfrapante alvokas la kursanojn al sia instruo pri Esperanta literaturo. Unu parto de la kursanoj venas en lian ĉambron, la alia parto sekvas viglan Esperantistinon al alia klasĉambro, kie ŝi instruas pri la historio de la lingvo.
Libron ŝi portas en sia mano, la unuan libron eldonitan de d-ro Zamenhof. Fiere ŝi montras ĝin al la kursanoj:
- Oni povas forŝteli de mi mian tutan havaĵon.

하지만 그가 제게 이 책만 남겨준다면, 저는 행복할 것입니다." 하고 그녀는 말한다.
그리고 그녀에게는 그것이 그저 입에 발린 소리가 아니라 참말이다.
그녀는 에스페란토를 위해서 살고 숨 쉬고, 그리고 이 말을 위해서 자신의 모든 힘을 바친다.
또한, 앞으로의 교사들과 모임의 지도자들이 거기서 배우고 있다.
최상급반에서는 문학과 언어 문답에 관한 토론이 벌어진다. 이 반에서는 종강 잔치 저녁에 모든 수강생을 즐겁게 해줄 연극까지 공연한다.
큰 공원을 거닐면서는, 쉬어야 하므로 강의를 빠지는 에스페란티스토들을 볼 수 있다. 그들은 혼자서 또는 둘이서 아니면 몇 명이 같이 풀 위에 누워 있다.
식당의 앞마당에서는 어느 여자 봉사자가 종을 울린다. 강습생들 무리는 교실에서 나왔다. 수업이 끝났다. 사람들은 점심 식사를 위해 큰 탁자 주위에 앉았다.
채식주의자들은 그들만의 음식상을 가졌고, '식인종'들은 또 자기네들만의 상을 차렸다. 왕성한 식욕을 가지고 사람들은 훌륭하고 값싼 음식을 즐긴다. 온 식당 안이 유쾌한 잡담으로 윙윙거린다.

Se oni lasas al mi nur ĉi tiun libron, mi restos feliĉa, - ŝi diras.
Kaj por ŝi tio estas ne nur vortoj, sed vero, ĉar por Esperanto ŝi vivas kaj spiras, kej por tiu lingvo ŝi donas ĉiujn siajn fortojn.
Ankaŭ estontaj geinstruistoj kaj klubgvidantoj estas tie instruataj. En la plej supera kurso okazas diskutoj pri literaturo kaj lingvaj problemoj. En tiu kurso oni eĉ ludas komedionon, per kiu oni deziras ĝojigi ĉiujn kursanojn en la finfesta vespero.
Promenante en la granda parko, oni vidas Esperantistojn, kiuj bezonas ripozon kaj tial ne partoprenas kurson. Ili kuŝas solaj, parope aŭ aretope sur la herbo.
Antaŭ la manĝosalono en la korto iu servistino aŭdigas la sonorilon. Svarmoj da kursanoj eliras el la klasĉambroj. La laboro estas finita.
Jen ni sidas ĉirkaŭ grandaj tabloj por tagmanĝi. La vegetaranoj havas sian propran tablon, kaj "la kanibaloj" havas siajn. Kun bona apetito oni ĝuas la bonegan, sed tamen malmultekostan manĝaĵon. Gaja interabilado zumas en la tuta manĝosalono.

오후에 사람들은 아름답고 볼만한 곳들로 소풍을 나가서 수영도 하고 놀기도 한다. 저녁에 사람들은 **국제무도회**를 마련하고 연설과 음악회도 듣는다. 간단히 말해서 사람들은 이상적인 휴가를 즐긴다.
단정한 영국인들, 씩씩한 프랑스인들, 사려 깊은 네덜란드인들이 누런 중국인들과, 생각에 잠기곤 하는 인도인들과 이야기를 나눈다. 멋진 노르웨인들, 잘 웃는 스웨덴인들과 점잖은 핀란드인들이 우아한 헝가리 여인들, 친절한 러시아 여인들 그리고 검은 머리의 이탈리아 여인들과 같이 춤을 춘다.
모두 서로를 이해한다.
자멘호프의 정신! 옷이 중요하지 않다!
풍족하든 가난하든 똑같이 동지들이다.
에스페란토 모임에서 모두 평등하다.
이런 모임을 본다면 자멘호프 박사는 얼마나 즐거워할 것인가. 아마도 그는 보고 있을 것이다! 만약 그 정신이 이 땅에 가득하다면 다시 전쟁은 일어나지 않을 것이다!

Posttagmeze oni ekskursas al la belaj kaj vidindaj lokoj, banas sin kaj ludas. Vespere oni arangâs internacian balon, aŭkultas prelegojn aŭ koncertojn, - mallonge dirite -, oni havas la idealan ferion.
Korektaj angloj, viglaj francoj, pripensemaj nederlandanoj interparolas kun flavaj ĉinoj kaj meditemaj hindoj. Belaspektaj norvegoj, ridetantaj svedoj kaj seriozaj finnoj dancas kun elegantaj hungarinoj, afablaj rusinoj kaj nigraharaj italinoj. Ĉiuj komprenas unu al alian.
Zamenhofa spirito! Ne gravas la vestaĵo! Egale, ĉu riĉaj aŭ malriĉaj estas la samideanoj: en Esperantistaj rondoj ĉiuj esas egalaj.
Kiel ĝojus la majstro, vidante tian rondon. - Eble li vidas! Se tiu spirito regus la mondon, neniam plu okazus milito!

제18장 비르기트의 슬픔

비르기트와 한네는 친절한 두 사람, 스웨덴 여자와 독일 여자와 같이 지냈다. 하지만 비르기트는 곧 한네가 젊은 아가씨들과 있었으면 더 좋겠는지를 물었다. 조금 망설인 한네는 고마워하면서 그 제의를 받았다. 그들은 그 일을 정리하기 위해 사무실로 갔다. 친절한 교감은 해결책을 마련했다. 도착하면서부터 젊은 아가씨들과 지내온 다른 방의 어느 부인이 더 조용한 사람들과 같이 지내고 싶어 했기 때문이다.
한네는 기뻤다. 그녀의 새 방은 6인실이었고 여섯 나라에서 온 아가씨들로 찼다. 그들은 곧 자기네들을 하나의 가족으로 느꼈고 노래하고 토론하고 즐겼다.
어느 날 쉬는 시간에 한네와 한방을 쓰는 두 아가씨가 쟝과 두발 씨와 이야기했다. 한네는 다가갔고, 그 젊은이들은 그녀에게 소개되었다. 그때부터 쟝은 언제나 한네 곁에 있으려고 애썼고, 한네는 곧 그를 사랑하게 되어, 그들이 언제나 같이 있을 수 있도록 자기도 초보자였으면 하고 바랐다.
하지만 능숙한 에스페란티스토인 그녀로서는 그 일을 어쩔 수 없었고, 쉬는 시간이나 소풍 때에나 그들이 함께 있는 것을 볼 수 있었다.

DEK-OKA ĈAPITRO

Birgit kaj Hanne loĝis kune kun du afablaj svedino kaj germanino. Sed Birgit tuj demandis, ĉu Hanne preferas loĝi kune kun junulinoj. Iom hezite Hanne danke akceptis tiun proponon. Ili iris al la kontoro por ordigi la aferon. La afabla inspektoro trovis solvon, ĉar en alia ĉambro sinjorino deziris havi pli kvietajn samloĝantojn ol la junulinojn, ĉe kiuj ŝi ekloĝis ĉe sia alveno.

Hanne estis feliĉa. Ŝia nova ĉambro estis sespersona kaj plenigita de junulinoj el 6 diversaj landoj. Ili tuj sentis sin unu familio, kantis, diskutis kaj amuziĝis.

Iun tagon en paŭzo du samĉambraninoj de Hanne interparolis kun Jean kaj s-ro Duval. Hanne alproksimiĝis, kaj la junuloj estis prezentataj al ŝi. De tiam Jean klopodis ĉiam esti apud Hanne, kaj Hanne tuj enamiĝis al li kaj deziris, ke ankaŭ ŝi estu komencanto, por ke ili ĉiam estu kune. Sed tion ŝi kiel lerta Esperantistino ne povis aranĝi, sed dum la paŭzoj kaj dum la ekskursoj oni vidis ilin kune.

한네와 춤추고 싶어 하는 다른 젊은이 중의 거의 누구도 그런 기회를 가질 수가 없었다.
몇몇 사람들은 벌써 그들 두 사람 사이의 약혼을 점치기도 하고 때로는 그들을 약간은 자극하기도 했다. 하지만 그것이 그들을 괴롭히지는 않았다. 그들은 다만 자신들은 젊고 행복하다고만 느꼈다. 장래에 대해서는 그들은 아직 아무런 생각도 갖고 있지 않았다.
두발 씨는 **불가리아** 석사와 영국 화가와 같이 지냈다. 그도 또한 이상적 여인상으로 열여덟 살 된 **노르웨이** 아가씨를 만났다. 하지만 그 화가도 또한 그녀의 호의를 바랐다. 그녀가 두 사람의 친절을 즐기며, 그들 중 이 사람과 또는 저 사람과 산책하고 춤출 때, 언제나 그들 두 젊은이가 그녀에게 정성을 다하며 어떻게 경쟁하는지를 보는 것은 재미있다.
브라운 씨는 혼자 지낸다.
어느 날 비르기트는 깊이 생각에 잠겨서 공원에 앉아 있었다. 그녀는 올레가 강습회에 참가하지 않아서 슬펐다. 그녀는 그에 대해서 **코펜하겐**클럽에 참가하고 있는 사람들에게 묻고 싶지는 않았으나 그 편지를 읽고 난 뒤의 그리움은 거의 견딜 수가 없었다. 그 예쁜 눈에 눈물을 담고 그녀가 앉아있을 때 브라운 씨가 다가왔다.
"무슨 일로 울고 있소, 비르기트?

Preskaŭ neniu el la aliaj junuloj, kiuj deziris danci kun Hanne, povis trovi okazon por tio. Kelkaj jam suspektis gefianĉiĝon inter tiuj du kaj kelkfoje incitetis ilin. Sed tio ilin ne ĝenis. Ili sentis sin nur junaj kaj feliĉaj. Pri la estonteco ili havis ankoraŭ neniun penson.
S-ro Duval loĝis kune kun bulgara magistro kaj angla aartpentristo. Ankaŭ li trovis sian virinan idealon, norvegan fraŭlinon 19-jaran. Sed ankaŭ la artpentristo deziris ŝian favoron. Estis amuze rigardi, kiel la du junuloj konkuras, ĉiam komplezante al ŝi, kiam ŝi promenis kaj dancis, jen kun unu, jen kun alia el ili, ĝuante la afablecon de ambaŭ.
S-ro Brown loĝis sola. Iun tagon Birgit sidis profunde meditante en la parko. Ŝi estis demandi la ĉeestantajn kopenhagajn klubanojn pri li, sed ŝi preskaŭ ne povis elteni tiun sopiron, kiun ŝi sentis post la legado de la letero. Kun larmoj en la belaj okuloj ŝi sidis, kiam alvenis s-ro Brown.
- Pro kio vi ploras, kara Birgit?

당신의 유쾌한 모습을 다시 보기 위해 내가 무엇이든 기꺼이 하겠습니다만 당신이 여기에 온 뒤에 이전의 여느 때보다 훨씬 더 슬퍼하고 있습니다."

비르기트는 눈물 속에서 미소지었다.

"루이스" 하고 그녀는 말했다.

"당신은 언제나 참으로 좋은 벗입니다만 우리는 모두 고독한 운명이 지워졌나 봐요. 당신은 더 좋은 운명을 지닐 자격이 있습니다."

"우리 결혼할까요, 비르기트? 난 당신이 다른 사람을 사랑한다는 것을 압니다만, 당신이 그와 결혼할 수 없다면, 내가 당신의 삶을 더 행복하게 해 주면 안 될까요? 나는 틀림없이 내 가족을 결코 찾을 수 없을 것입니다. 아마도 나에게는 아무도 없을 것입니다. 나는 당신이 슬픈 것을 보면서 즐거울 수는 없습니다."

비르기트는 정색하며 그를 바라보았다.

"나에게 그런 말을 하지 말아요. 루이스. 당신은 나의 가장 좋은 벗이고 또 그대로 지내요."

브라운 씨는 그녀의 손을 잡았다.

"용서해요, 비르기트. 나는 더 당신에게 묻지 않을 거요. 내가 말한 것을 잊어줘요. 내가 당신을 도울 수만 있다면 좋을 텐데!"

"절 위해서 뭔가 해 주시렵니까? 올레가 결혼했는지 알아보시겠습니까?"

Mi volonte farus ĉion ajn por revidi vin gaja, sed post via alveno ĉi tien, vi estas multe pli malĝoja ol iam antaŭe.
Birgit ridetis tra la larmoj.
- Kara Louis, - ŝi diris. - Kiel bona amiko vi ĉiam estas, sed ni ambaŭ estas kondamnitaj al soleco. Vi meritas pli bonan sorton.
- Ĉu ni geedziĝu, Birgit? Mi scias, ke vi amas alian homon, sed se vi ne povas edziniĝi al li, ĉu do ne mi rajtas plifeliĉigi vian vivon? Mi certe neniam retrovos mian familion, eble mi neniun havas. Mi ne povas esti ĝoja, vidante vin malĝoja.
Birgit serioze rigardis lin.
- Ne parolu al mi tiel, kara Louis, vi estas mia plej bona amiko, kaj tia vi restu, mi petas.
S-ro Brown prenis ŝian manon.
- Pardonu min, Birgit, neniam plu mi demandos vin.
Forgesu, mi petas, kion mi diris. Se mi nur povus helpi vin!
- Ĉu vi volas fari ion por mi? Ĉu vi volas esplori, ĉu Ole edziĝis?

"예. 물론입니다. 그러면 나에게 그의 성과 이름을 다 말해줘요. 지금까지 당신은 그를 올레라고만 불렀지요."

"아, 그래요? **올레 담** 박사입니다. 제가 전화번호부를 보았습니다. 그는 병원 가까이에 살고 있어요. 저는 자주 그에게 전화하고 싶었습니다만 그의 아내일지도 모를 여자의 목소리를 들을까 두려웠습니다."

"비르기트 양, 나는 내일 코펜하겐으로 여행할 것입니다. 얼마 전에 파산한 공장에 대해서 무언가 조사를 해 봐야 하니까요. 뉴욕의 내 관리인이 써 보내기로는, 내 공장이 그 파산으로 해서 상당히 큰돈을 잃었답니다. 자기가 코펜하겐의 변호사에게 글을 써 보낸 뒤에 그는 그 일에서 무언가 제대로 되지 않는다고 느꼈습니다."

그는 잠시 후 말을 계속했다.

"내 변호사는, 자기로서는 신용할 수 없는 어떤 부자가 주식을 샀다고 믿고 있습니다. 그 뒤 어느 날 주식시장은 그 주식들을 어찌나 싸게 팔았버려 모든 다른 주주들이 두려워서 더욱 싸게 팔 정도였습니다. 나는 그 나쁜 놈과 이야기해야겠습니다. 무언가 수를 써서 그는 확실히 이익을 봤습니다. 그것을 나는 파헤쳐야겠습니다.

많은 사람이 일자리를 잃었기 때문입니다. 주주들의 대부분은 부유하지 못한 사람들입니다.

- Jes, kompreneble, sed do diru al mi lian tutan nomon, ĉar ĝis nun vi nomis lin nur Ole.
- Ĉu vere? Estas d-ro Ole Damm. Mi rigardis la telefonlibron. Li loĝas proksime al la hospitalo. Ofte mi deziris telefoni al li, sed mi timas aŭdi virinan voĉon apartenantan al lia edzino.
- Kara Birgit, morgaŭ mi vojaĝos al Kopenhago, ĉar mi devas esplori ion pri fabriko, kiu antaŭ ne longe bankrotis.
Mia administranto en Nov-Jorko skribis, ke mia fabriko perdis sufiĉe grandan sumon pro tiu bankroto. Post kiam li skribis al advokato en Kopenhago, li eksciis, ke io en tiu afero ne estas en ordo.
Li post momento daŭrigis:
- La advokato kredas, ke riĉulo, al kiu li ne havas ian fidon, aĉetis la akciojn. Iun tagon poste la borso forvendis ilin tiel malmultekoste, ke ĉiuj akciuloj pro timo vendis ankoraŭ pli malmultekoste. Mi ŝatus paroli kun tiu fripono. Iamaniere li certe profitis. tion mi intencas esplori, ĉar multaj homoj perdis sian laboron. La plej multaj el la akciuloj estas neriĉuloj.

동시에 나는 당신의 올레에 대한 모든 것을 알아보겠습니다. 그리고 그의 삶에 대해 모르는 채로는 돌아오지 않을 것이라고 굳게 믿어도 좋습니다."
비르기트는 고마워하며 그의 손을 꼭 쥔다.
"하지만, 일요일에도 거기에 머무실 겁니까?"
"내가 언제 돌아올지, 확실히는 모릅니다만, 되도록 빨리 돌아올 것이고 늦어도 일요일이면 돌아올 수 있을 겁니다."
"오는 일요일에는 우리 강습회로 덴마크와 스웨덴의 가까이 있는 많은 에스페란토 클럽에서 또한 코펜하겐에서 찾아오리라는 것을 알고 계십니까?"
"예, 들었습니다. 그래서 일찍 돌아오려고 애쓰겠습니다." 비르기트는 브라운 씨의 그 약속 때문에 기뻤다. 그녀는 그를 언제나 루이스라고만 불렀다.
그것은 한네가 그를 '루이스 아저씨', 그녀를 '비르기트 아주머니'라고 부를 수 있도록 해 달라고 해서 생긴 일이다. 그래서 그들도 어느덧 전혀 자연스럽게 서로의 이름만을 부르게 된 것이다. 그녀는 어느 때도 그런 친구를 가져 보지 못했다.
하지만 그를 사랑할 수는 없었다. 그녀는 그도 자기를 사랑하지는 않는다는 것을 알고 있다. 아마도 그는 그녀에게 동정과 우정만을 느끼는 모양이다.
그들은 함께 마당으로 가서 곧 둘 다 다른 수강생들과 활발히 이야기했다.

Samtempe mi esploros ĉion pri via Ole, kaj estu certa pri tio, ke mi ne revenos ne sciante pri lia vivo.
Birgit danke premis lian manon.
- Sed, ĉu vi forrestos ankaŭ dimanĉon?
- Mi ne precize scias, kiam mi revenos, sed kiel eble plej baldaŭ, kaj espereble jam dimanĉon.
- Ĉu vi scias, ke dimanĉon nian kurson vizitos multaj proksimaj kluboj danaj kaj svedaj, ankaŭ el Kopenhago?
- Jes, mi aŭdis tion. Mi do klopodos reveni frue.
Birgit ĝojis pro la promeso de s-ro Brown, kiun ŝi nun ĉiam nomis nur Louis. Tio okazis, ĉar Hanne petis permeson nomi lin "onklo Louis" kaj ŝin "onklino Birgit". Do iom post iom ankaŭ ili tute nature reciproke ekuzis la antaŭnomojn. Neniam ŝi havis tian amikon, sed ami lin ŝi ne povis. Ŝi sciis, ke ankaŭ li ne amas ŝin. Verŝajne li sentas nur kompaton kaj amikecon al ŝi.
Kune ili iris al la korto, kaj baldaŭ ambaŭ vigle parolis kun aliaj kursanoj.

제19장 올레와 브라운의 만남

자기 책상에 올레는 앉아있다. 방금 진찰을 마쳤고 그는 피로하다. 모레 그의 휴가는 시작된다. 그것은 그에게 있어서 꼭 필요하다.
이제 그는 휴가를 보낼 것을 작정하고 나서는 자신이 그토록 오래 휴가 없이 일한 것을 이해할 수가 없다. 그는 이미 가정부에게 큰 가방을 챙기도록 일렀다.
여드레 동안 그는 일하지 않아도 되며 동지들과 함께 지내며 쉴 수도 있다.
쉰다는 것! 그에 대한 생각만도 그를 즐기게 만든다.
누가 문을 두드린다.
진료실에서 그를 돕는 간호사가 들어와서 말한다.
"방금 어떤 남자분이 찾아와서, 이미 늦을 때입니다만, 미안해하면서 선생님과 말씀 나누기를 청합니다."
"좋습니다. 들어오게 해요."
방안으로 중년 사내가 들어온다.
"랑그 씨 당신인가요? 무슨 일입니까?
편찮으십니까?"
"아닙니다. 제 아내와 저는 둘 다 아주 건강합니다. 다른 일 때문입니다. 제가 선생님을 찾아온 것은 선생님께서 늘 호의적이시기 때문입니다."
"무슨 일인데요?"

DEK-NAŬA ĈAPITRO

Ĉe sia skribotablo sidas Ole. Antaŭ momento ĉesis la konsultado, kaj li estas laca. Postmorgaŭ komenciĝos lia ferio. Ĝi estas treege necesa por li. Nun, kiam li decidis ferii, li ne komprenas, ke li laboris tiom longe sen ferio. Li jam ordonis al sia mastrumistino paki lian kofron. Dum 8 tagoj li ne devos labori, rajtos esti kune kun samideanoj kaj ripozi. Ripozi! Eĉ nur la penso pri tio ĝuigas lin.

Iu frapas la pordon. La flegistino, kiu helpas lin en la kliniko, venas kaj diras:

- Ĵus alvenis sinjoro, kiu humile petas paroli kun vi, malgraŭ tio, ke li iom malfruiĝis.

- Komreneble. Venigu lin, mi petas.

Venas en la ĉambron mezaĝa sinjoro.

- Ĉu estas vi, Lange? Kion vi deziras? Ĉu vi estas malsana?

- Ne. Mia edzino kaj mi estas ambaŭ tute sanaj. Estas alia afero. Mi turnas min al vi, ĉar vi ĉiam estas helpema.

- Kio okazis?

"이전에 선생님께서 제 아내가 요양원에 갈 수 있도록 친절히 보살펴 주셨지요. 그녀가 집으로 돌아온 뒤 곧 매우 건강해졌습니다. 하지만 여러 달 동안 저는 실직 중이고 한 푼 벌지 못하고 있습니다. 그래서 석 달 전에 저는, 자기에게서 돈을 빌려 가라는 광고를 잡지에 낸 사내를 찾아갔습니다. 그는 매우 친절했습니다만 석 달이 지나면 배의 금액을 갚을 것을 요구했습니다. 저는 이백 **크로네**를 빌렸습니다.
어제 저는 한 달만 더 기다려 달라고 부탁하러 그를 찾아갔습니다. 오는 월요일부터 제가 다시 일하게 되거든요. 하지만 그는 그렇게 하려고 하지 않았습니다. 이번에는 그의 친절이 멀리 가버렸습니다. 그는 지금 제가 갚을 수 없으면 제 세간살이라도 팔아야 한다는 요구를 말했습니다.
그래서 이제 저는 선생님께서 저를 도우려 하실까 하는 희망뿐입니다. 저는 제 청이 점잖지 못하다는 것을 압니다마는 이 상태에서 다른 방도를 모르겠습니다.
저는 선생님께 매주 이십오 크로네를 갚을 것을 약속드립니다."
올레는 그를 똑바로 바라보았다. 잠깐 그는 생각에 잠겨 앉아있다.
"예, 제가 당신을 기꺼이 돕지요. 하지만 어떻게 해야 할지? 제 생각으로는 그만한 이자를 요구하는 그자는 불한당입니다.

- Siatempe vi afable zorgis, ke mia edzino povu veni al refortiga hejmo. Post ŝia reveno hejmen ŝi baldaŭ tute resaniĝis. Sed dum multaj monatoj mi nun estas senlabora kaj enspezis neniom. tial mi antaŭ tri monataj turnis min al viro, kiu per gazetoj anoncis, ke oni povas pruntepreni monon ĉe li. Li estis treege afabla, sed postulis, ke mi post tri monatoj repagu la duoblan sumon. Mi pruntepreni 200 kronojn. Hieraŭ mi iris al li por peti lin atendi ankoraŭ unu monaton, ĉar de la venonta lundo mi denove havos laboron. tion li ne volis. Ĉi-foje lia afableco estis for. Li diris, ke li postulas, ke mia meblaro estu vendata, se mi ne pagos nun. Do mi havas nur la esperon, ke vi nun volas helpi min. Mi scias, ke mia peto estas nemodesta, sed tamen alian savon el la situacio mi ne scias. Mi promesas repagi al vi ĉiusemajne 25 kronojn.
Ole fikse rigardas lin. Momenton li sidas pripensante.
- Jes, mi volonte helpos vin, sed kiel? Laŭ mia opinio tiu homo, kiu postulas tiom da rentoj, estas fripono.

제가 그자와 이야기 할 수 있도록 해 주시면 어떻게든 당신을 도와드리지요. 오늘은 금요일입니다. 내일은 제가 그자를 찾아가야겠습니다."
고마워하며 랑그 씨는 그에게 그 고리대금업자의 주소를 주고는 기쁜 얼굴로 돌아간다.

그 도시 중심가의 한 작은 사무실로, 다음날 올레는 그 고리대금업자와 이야기하기 위해 찾아갔다. 다른 두 사람의 남자가 이미 그 사무실에 와 있었으니, 브라운 씨와 그의 변호사였다. 그들은 그 고리대금업자와 심하게 다투었으나, 올레가 들어섰을 때 그쳤다.
"무슨 일로 오셨습니까?"
올레는 어쩌면 그 두 남자에게서 도움을 받을 수 있을 거라고 느끼고 대뜸 용건을 설명했다. 화난 고리대금업자는 올레의 속셈을 알아차리고 그의 말을 막으려고 애썼으나 변호사가 말했다.
"좋습니다. 좋아요! 또 다른 나쁜 짓이군요. 제가 당신의 모든 일을 조사해 볼 것을 약속드립니다!"
올레는 랑그의 일에 대해서 다 말해 버렸고 변호사는 분해하면서 영어로 그 일을 브라운 씨에게 설명했다. 브라운 씨는 곧 주머니에서 수표를 꺼내서 그 금액이 얼마냐고 묻고는 그 돈을 지급하고 차용증서를 요구했다.

Donu al mi rajton paroli kun li, kaj mi promesas al vi iamaniere vin helpi. Hodiaŭ estas vendredo. Jam morgaŭ mi vizitos lin.
Dankante s-ro Lange donas al li la adreson de la uzuristo, kaj ĝoja li foriras.

\- - -

En malgrandan kontoron en unu el la stratoj de la centra urboparto venis la postan tagon Ole por paroli kun la uzuristo. Du aliaj sinjoroj jam estis en la kontoro, s-ro Brown kaj lia advokato. Ili akre disputis kun la uzuristo, sed tio ĉesis, kiam envenis Ole. - Kion vi deziras?
Ĉar Ole sentis, ke li eble povas trovi helpon ĉe la du sinjoroj, li tuj klarigis la aferon. Kolera la uzuristo klopodis haltigi la vortojn de Ole, kiam li komprenis lian intencon, sed la advokato diris:
\- Bonege, bonege! Alia fiafero. Mi promesas al vi, ke mi esploros ĉiujn viajn aferojn!
Ole finrakontis pri la afero de Lange, kaj indignante la advokato en angla lingvo klarigis la aferon al s-ro Brown. El sia poŝo tiu tuj prenis ĉekon, demandis pri la sumo, pagis ĝin kaj postulis la ŝuldateston.

처음에 스베이스 씨(바로 그였다)는 그것을 그에게 주려고 하지 않았으나 변호사가 브라운 씨를 거들었다. 마침내 그들은 그것을 받았다.
"멋진 종이군." 하고 브라운 씨가 말했고 변호사가 덧붙였다.
"다행히 우리가 당신을 잡았소. 지금 우리는 떠나지만 당신은 곧 우리의 통지를 받을 거요. 나는 당신이 벌을 받도록 만들고 말 거요!"
스베이스 씨는 그 세 남자를 붙잡으려고 애썼다. 그렇게 자주 남에게 못되고 심술궂게 굴던 그가, 이제 자신의 운명을 두려워했다. 그는 자신이 체포될 것이란 것을 알았다. 변호사는 방금 공장에 대한 그의 거래를 파헤쳤고, 이제 그가 고리대금업자라는 것을 나타내는 종이를 갖고 있다.
"내가 갚아 주겠어요." 그는 외쳤다.
"그리고 랑그 씨의 돈도 돌려주겠습니다!"
하지만 세 신사는 그를 경멸하듯 바라볼 뿐이었다. 그들은 함께 떠났다. 그 뒤 스베이스 씨는 갑자기 자기 권총을 서랍에서 꺼내서 그것을 관자놀이에 갖다 대고 쏘아 자살했다.
참으로 죄의 대가는 죽음이었다.
그는 자주 자기의 희생자들을 괴롭혔다.

Komence s-ro Svejs (ĉar estis li) ne volis doni ĝin al li, sed la advokato helpis al s-ro Brown. Fine ili ricevis ĝin.

- Bela papero, - diris s-ro Brown, kaj la advokato aldonis:

- Feliĉe, ke ni nun kaptis vin. Ni foriras, sed baldaŭ vi denove aŭdos de ni. Mi aranĝos tiel, ke vi estu punata!

S-ro Svejs klopodis restigi la tri virojn. Li, kiu tiel ofte agis malrespekte kaj malice al aliaj homoj, nun timis sian sorton.

Li sciis, ke li estos arestata. La advokato ĵus malkovris liajn transakciojn pri la fabriko, kaj nun posedis paperon, kiu montris, ke li estas uzuristo.

- Mi volas pagi, - li kriis, - kaj mi redonos la monon al s-ro Lange!

Sed la tri sinjoroj nur malestime rigardis lin. Kune ili foriris.

Post tio s-ro Svejs subite prenis sian revolveron el la tirkesto, metis ĝin al sia tempio kaj pafmortigis sin. Vere, la puno de la peko estas morto.

Li ofte suferigis siajn viktimojn.

이제 그는 자신이 뿌린 것을 스스로 거두었다.
엘세가, '무언가 분명히 자신을 드러내리.' 하며 기다리던 것이 옳았다.
이제 그는 더 그녀를 괴롭힐 수 없다.
진실은 또 한 번 그 힘을 드러냈다.

Nun li mem rikoltis tion, kion li semis.

Else pravis esperante, ke “io sin montros”. Nun li ne plu povos turmenti ŝin.

La vero denove montris sian forton.

제20장 올레 집 방문

브라운 씨와 그 변호사 그리고 올레가 그 고리대금업자의 사무실을 나왔을 때, 브라운 씨가 물었다.
“우리 같이 포도주 한잔할까요? 저는 두 분과 함께 이 일에 관해 이야기를 좀 했으면 합니다.”
두 사람은 찬성했다.
그들은 총소리를 전혀 듣지 못했고 그래서 그 일이 이미 끝났다는 것을 몰랐다.
그들은 서로 자기소개했고, 변호사는 올레에게 모든 것을 설명했다. 올레는 자신이 그 불한당을 찾아내는 데 실제로 한몫을 했다는 말을 듣고 기뻤다.
브라운 씨는 올레의 이름을 듣고 놀랐다.
“당신이 그 이름난 올레 담 박사입니까?”
그는 영어로 물었다.
“제가 이름났는지는 모르겠습니다만, 제 이름은 올레 담이고 또 박사입니다.”
“되도록 빨리 당신과 이야기를 나누고 싶습니다.”
올레는 그가 어떤 병에 관해서 이야기하고 싶어 한다고 생각하고는 대답했다.
“예. 좋습니다. 하지만 오늘 했으면 좋겠군요. 저는 내일 휴가 여행을 떠나거든요.”
“참 잘됐군요. 저도 휴가입니다.

DU DEKA ĈAPITRO

Kiam s-ro Brown, la advokato kaj Ole forlasis la kontoron de la uzuristo, s-ro Brown demandis:

- Ĉu ni kune trinku glason da vino? Mi ŝatas iomete paroli kun vi ambaŭ pri la afero.

La du aliaj konsentis.

Ili ja ne aŭdis la pafon, kaj tiel ne sciis, ke la afero jam estas finita.

Ili reciproke sin prezentis, kaj la advokato ĉion klarigis al Ole, kiu ĝojis aŭdante, ke li helpis pozitive en la klopodoj por eltrovi friponon.

S-ro Brown kun miro aŭdis la nomon de Ole.

- Ĉu vi estas la konata d-ro Ole Damm? - li demandis en angla lingvo.

- Mi ne scias, ĉu mi estas konata, sed mia nomo estas Ole Damm, kaj mi estas doktoro.

- Mi ŝatus paroli kun vi kiel eble plej baldaŭ.

Ole pensis, ke li deziras paroli kun li pri iu malsano, kaj respondis:

- Jes, kun ĝojo, sed prefere hodiaŭ, ĉar morgaŭ mi forvojaĝos por ekferii.

- Bonege. Ankaŭ mi ferias.

제가 이 도시에 머무는 것은 다만 스베이스 씨의 일을 처리하기 위해서입니다. 내일 저는 **국제 학교**로 돌아갈 것입니다."

"뭐라고요? 거기서 휴가를 지내십니까? 에스페란티스토이신가요?"

"예. 그렇습니다. 우리는 모두 나쁜 버릇 때문에 고생하는군요. 푸른 별을 다는 것을 잊었습니다! 당신도 내일 엘시노어로 가십니까?" 브라운 씨는 더 영어를 쓰지 않고 에스페란토로 물었다.

"물론입니다. 동지들 사이에 있는 것보다 더 휴가를 잘 지낼 수는 없지요. 제집으로 갑시다. 거기서 당신이 원하는 이야기를 할 수 있겠지요."

"기꺼이 가겠습니다." 브라운 씨는 대답했다. 그는 올레가 결혼했는지 않았는지 이제 몸소 확인할 수 있으리라고 생각했다.

그들은 변호사와 헤어졌다. 변호사는 스베이스의 일에 대해 무언가 새로운 것을 알게 되면 곧 편지할 것이라고 약속하며 떠났다.

올레의 집에 당도해서 그들은 올레의 서재로 들어갔다. 올레가 초인종을 누르자 가정부가 왔다.

"두 사람분 점심 좀 부탁해요." 하고 그는 그녀에게 말했다.

"당신은 너무 친절하시군요. 담 박사." 하고 브라운 씨는 말했다.

Mi estas ĉi tie en la urbo nur por ordigi la aferon pri s-ro Svejs. Morgaŭ mi revojaĝos al la internacia altlernejo.
- Kion vi diras? ĉu vi ferias tie? Ĉu vi estas Esperantisto?
- Jes, mi estas. Ni ambaŭ suferas malbonan kutimon: ni forgesis surmeti la verdan stelon! Ĉu ankaŭ vi iros morgaŭ al Elsinoro? - demandis s-ro Brown, ne plu en angla lingvo, sed en Esperanto.
- Kompreneble. Oni ne povas ferii pli bone ol inter gesamideanoj. Akompanu min hejmen. tie ni povos interparoli pri tio, kion vi deziras.
- Volonte, - respondis s-r Brown, kiu pensis, ke li mem nun povos konstati, ĉu Ole estas edzo aŭ ne. Ili adiaŭis la advokaton, kiu foriris promesante, ke li tiuj skribos, kiam li scios ion novan pri la afero de Svejs. Veninte al la hejmo de Ole, ili eniris en lian laborĉambron.
Ole sonorigis. Lia mastrumistino venis.
- Mi petas vin prizorgi tagmanĝon por du, - li diris al ŝi.
- Vi estas tro afabla, d-ro Damm, - diris s-ro Brown.

"저는 이 도시에 혼자 있습니다. 그래서 저와 이야기 나눌 시간이 있으시다면 저는 기꺼이 여기 남겠습니다. 그렇게 되면 저는 선생님 부인과도 알게 되겠군요. 부인께서도 여름 강습회에 참가하실 건가요?"
올레는 미소지었다.
"저는 아내가 없습니다. 저는 외로운 사람입니다. 무슨 일로 저와 말씀하고 싶어 하시는지 말씀해 보십시오. 이제 우리는 우리가 동지라는 것을 잘 압니다. 그리고 에스페란티스토들은 항상 이야깃거리가 있지요. 하지만 당신은 우리가 에스페란티스토라는 것을 알기도 전에 저와 이야기하고 싶어 하셨습니다."
브라운 씨는 올레가 이야기할 때 무언가 퍼뜩 생각해 내고는 대답했다.
"저는 종종 덴마크의 병원을 구경하고 싶었습니다. 제가 선생님의 병원을 구경해도 좋겠습니까?"
그는 비르기트와 올레의 일에 끼어들고 싶지 않았다. 오히려 그는 착한 마음으로 비르기트의 앞으로의 행복을 기뻐했다.
"기꺼이 당신께 제가 일하는 병원을 보여드리겠습니다만 내일은 꼭 엘시노어로 가야 합니다. 원하신다면 점심을 먹은 뒤 곧장 병원으로 갈 수 있을 겁니다."
"참으로 고맙습니다. 기꺼이 같이 가겠습니다."

- Mi estas sola en la urbo, pro tio mi volonte restos ĉi tie, se vi havos tempon por paroli kun mi. Eble mi do havos okazon ekkoni ankaŭ vian edzinon. Ĉu ankaŭ ŝi partoprenos la someran kurson?
Ole ridetis.
- Mi ne havas edzinon. Mi estas soleca homo. Diru al mi, pri kio vi deziras paroli kun mi. Nun ni ja scias, ke ni estas samideanoj, kaj Esperantistoj ĉiam povas trovi temon por interparolo, sed antaŭ ol vi sciis tion, vi deziris paroli kun mi.
S-ro Brown rapide elpensis ion, kiam Ole parolis, kaj respondis:
- Mi ofte deziris rigardi danan hospitalon. Ĉu vi permesas, ke mi rigardu vian?
Li ne volis miksi sin en la aferon de Birgit kaj Ole, sed bonkore li ĝojis pro la estonta feliĉo de Birgit.
- Volonte mi montros al vi la hospitalon, kie mi laboras, sed morgaŭ ni ja iros al Elsinoro. Eble ni povos iri tien tuj post la tagmanĝo, se vi tion deziras.
- Mi kore dankas vin. Kun ĝojo mi kuniros.

그들은 점심을 먹는 동안 다정하게 에스페란토에 관해서 이야기했다.
다음에 그들은 병원으로 갔고 그 현대적인 설비에 브라운 씨는 감탄했다.
그들과 함께 다니며 안내해 준 당직 간호사는 올레가 아팠을 때 보살펴 준 아가씨였다.
브라운 씨는 그들이 이야기할 때의 정다운 태도와 올레를 바라보는 그 간호사 아가씨의 눈에 나타난 온화한 빛을 알아차렸다. 그는, 그녀가 비르기트의 행복에 걸림돌이 될 수 있으리라고 조금은 걱정스럽게 생각했다. 그는 자신을 생각하지 않았고, 또한 올레가 비르기트를 사랑하지 않게 되면, 그녀는 자기의 사람이 될 수도 있다는 생각도 하지 않았다. 그는 다만 자신이 그녀에 대해서 아직 아무 말도 하지 않았다는 것만을 기뻐했다.
아직은 숨겨진 그 어떤 행복이, 그런 사람을 어찌 기다리지 않겠는가?
행복은 좀 더 이르든 늦든, 자기 주위 사람들에게 착하고 헌신적인 사람에게 찾아오는 것이다.
병원을 나오며 두 사람은 헤어졌다.
올레는 집으로 가고, 브라운 씨는 자기 호텔로 갔다. 그들은 다음 날 오전에 역에서 만나기로 했다.

Ili amike interparolis pri Esperanto, kiam ili manĝis.
Poste ili iris al la hospitalo, kies modernajn aranĝojn s-ro Brown admiris. La deĵoranta flegistino, kiu akompanis ilin, esti tiu, kiu flegis Ole, kiam li malsanis.
S-ro Brown rimarkis la amikan manieron, en kiu ili interparolis, kaj la varman brilon en la okuloj de la flegistino, kiam ŝi rigardis lin Iomete angore li pensis ke ŝi eble povas esti danĝero por la feliĉo de Birgit. Li ne pensis pri si mem, ankaŭ ne, ke ŝi povus esti lia, se Ole ne plu amus Birgit. Li nur ĝojis, ke li ankoraŭ nenion diris pri ŝi.
Ĉu ne iu feliĉo, ankoraŭ kaŝita, atendas tian homon? Ĉar pli-malpli frue la feliĉo venas al tiu, kiu al siaj kunhomoj montras nur bonecon kaj sindonemon.
Elirante el la hospitalo la du sinjoroj disiris. Ole iris hejmen, s-ro Brown al sia hotelo, Ili decidis renkontiĝi en la stacidomo la postan antaŭtagmezon.
– – –

하지만 그렇게 되지는 않았다. 아침 일찍 변호사가 스베이스 씨의 자살에 대해 두 사람에게 전화를 한 것이다.
그들은 스베이스 씨와 이야기한 마지막 사람들이었기에 사체 부검에 와 줄 것을 부탁받았다. 그것은 그날 오후 1시에 있을 예정이었고, 그러니까 올레와 브라운 씨는 더 늦은 기차로 떠날 수 있다.
그들은 그 의심할 바 없는 불한당이 회개할 시간도 없이 죽은 것을 섭섭해했다. 저세상에서 다시 깨어날 때, 그는 자신을 얼마나 비참하게 여길까! 그도 한때는 천진한 어린애였을 것이다. 어떤 운명이 그를 그처럼 나쁜 놈으로 만든 것일까? 그는 풍족했으나 불행하고 외로운 자임이 틀림없었다. 그에게는 참된 친구는 하나 없고, 그를 두려워한 희생자들만이 있었다. 아무도 그런 악한을 좋아할 수가 없었고 오히려 많은 사람이 그를 분명 증오했다.
부드러운 마음의 브라운 씨와 올레는 화를 내기는커녕 그의 운명에 대한 동정이 가득한 마음으로 그 주검을 떠났다. 그는 이 세상의 재판관들을 피해 갔으나, 이 세상에서의 자신의 비참한 삶을 깨닫고는 저세상에서 반드시 얼마나 괴로워할 것인가!

Sed tio ne okazis, ĉar frue en la mateno la advokato telefonis al ambaŭ sinjoroj pri la sinmortigo de s-ro Svejs.
Ĉar ili estis la lastaj, kun kiuj li parolis, oni petis ilin veni al la esploro de la kadavro. Ĝi estis okazonta la saman tagon je la 13'a horo, do Ole kaj s-ro Brown povos vojaĝi nur per pli malfrua trajno.
Ili bedaŭris, ke senskrupla fripono mortis sen tempo por senti penton. Kiel mizera li sentos sin ĉe la revekiĝo en la alia mondo! Iam ankaŭ li estis senkulpa infano. Kia sorto faris lin tiom malbona? Li verŝajne malgraŭ sia riĉeco estis malfeliĉa kaj soleca homo, kiu ne havis verajn amikojn, nur viktimojn, kiu timis lin. Neniu povis ami tian tiranon, sed multaj certe malamis lin.
S-ro Brown kaj Ole, ambaŭ molkoraj homoj, forlasis la kadavron sen kolero, sed kun koroj plenaj de kompato pro lia sorto. Li evitis la juĝistaron en ĉi tiu mondo, sed kiom li nepre suferos transe por ekkompreni la mizeron de sia surtera vivo!

제21장 브라운의 행복

일요일인 다음날, 덴마크와 스웨덴의 많은 동지가 그 강습회를 방문했다. 그날은 참으로 성공적이었다. 사람들은 가까운 바닷가로 소풍을 나가서 수영하고, 산책하고, 커피를 마시고는 그 학교의 대강당에서 몇 가지 연설을 들었다. 러시아의 동지가 내부사상에 대해서 연설했다.
"내부사상이란 평화를 뜻합니다." 하고는 그는 덧붙여 말했다. "평화와 상호이해를 말합니다. 그래서 우리 에스페란티스토들은 다른 사람들보다 더 평화를 사랑하고 이해심이 있어야 합니다. 우리의 자멘호프께서 그랬고 우리도 그래야 합니다. 보통의 사람들은 욕심이 많고 그러한 욕심은 전쟁의 원인이 됩니다만, 우리는 전쟁을 없애고자 합니다. 그러므로 우리의 모임에서는 언제나 온 인류를 행복하게 할 참된 우정이 빛나야 합니다."

연설이 끝난 뒤 바르기트와 한네는 큰 공원 안을 거닐었다. 많은 다른 사람들도 그 연설을 토론하면서 그곳에서 거닐었다.
갑자기 한네가 비르기트에게 말했다.

DUDEK-UNUA ĈAPITRO

La postan tagon, dimanĉe, vizitis la kurson multaj gesamideanoj danaj kaj svedaj. La tago estis treege sukcesa. Oni ekskursis al la proksima strando, kie oni banis sin, promenis, trinkis kafon kaj post tion en la granda prelegejo en la altlernejo aŭkultis kelkajn prelegojn. Rusa samideano prelegis pri la interna ideo.

- La interna ideo signifas pacon, - li i.a. diris, - pacon kaj interkomprenon. Tial ni Esperantistoj devas esti pli pacamaj kaj komprenemaj ol aliaj homoj. tia estis nia majstro, kaj tiaj estu ni. Ordinaraj homoj estas postulemaj, kaj postulemo estas la kaŭzo de milito, sed ni deziras forigi la militon, kaj tial de nia rondo ĉiam radiu la era frateco, tiu frateco, kiu iam igos la tutan homaron feliĉa.

\- - -

Post la prelegoj Birgit kaj Hanne promenis en la granda parko. Multaj aliaj promenis tie, diskutante la prelegojn.

Subite Hanne diris al Birgit:

"비르기트 아주머니는 장이 얼마나 루이스 아저씨를 닮았는지 눈치챘나요?"
"응. 나도 이번 주일 동안 그들이 아마도 친척 간이 아닐까 하고 생각하곤 했단다."
"어제 장이 제게 자기 아버지가 지난 전쟁에서 행방불명이 되셨다고 이야기했어요. 그 자신이 닮았다는 것을 알았고, 그래서 제가 브라운 씨에 대해서 아는 바를 그에게 이야기했을 때, 그는 브라운 씨가 자기의 사라져버린 아버지라는 것이 거의 틀림없다고 믿었어요."
"오, 하나님. 그의 생각이 옳기를 바랍니다! 그것은 우리 브라운 씨에게 얼마나 큰 행복일까. 그들은 서로 전혀 이야기하지 않았니?"
"예. 장이 그분께 말할 용기가 없었어요.
브라운 씨가 자기를 똑바로 바라보곤 했다고 그는 자주 느꼈답니다."
"그의 어머니는 오늘 오신 분 중에 안 계시니?"
"계셔요. 저기 두발 씨와 걷고 계신 예쁜 부인을 보셔요. 저분이 장의 어머니십니다."
"브라운 씨가 돌아오지 않았으니 참 안됐어."
"아마 그분은 오늘 저녁에 돌아오실 겁니다. 저는 그러길 바라거든요."
비르기트는 코펜하겐의 손님들 사이에서 올레를 보길 바라며 그날을 미리 즐거워했으나, 그도 또한 오지 않았다.

- Ĉu vi rimarkis, onklino Birgit, kiel Jean similas al onklo Louis?
- Jes, mi ofte dum ĉi tiu semajno pensis, ke eble ili estas parencoj.
- Hieraŭ Jean rakontis al mi, ke lia patro malaperis en la antaŭa milito. Li mem rimarkis la similecon, kaj kiam mi do rakontis al li, kion mi scias pri s-ro Brown, li estis preskaŭ certa pri tio, ke li estas lia malaperinta patro.
- Dio donu, ke li pravas! Kia feliĉo tio estus por nia kara s-ro Brown. Ĉu ili tute ne interparolis?
- Ne, Jean ne kuraĝis alparoli lin. Ofte ŝajnis al li, ke s-ro Brown lin fikse rigardas.
- Ĉu lia patrino ne estas inter la vizitantoj hodiaŭ?
- Jes, Jen, rigardu la belan sinjorinon, kiu promenas kun s-ro Duval. Ŝi estas la patrino de Jean.
- Kiel bedaŭrinde, ke s-ro Brown ne revenis.
- Eble li revenos hodiaŭ vespere. Mi esperas tion. Birgit antaŭĝojis pri tiu tago, ĉar ŝi esperis vidi Ole inter la kopenhagaj gastoj, sed ankaŭ li ne venis.

'브라운 씨는 그에 대해서 무언가 알아보았을까?'라고 그녀는 생각했다. 곧 그날은 지나갔으나 그들 중 아무도 오지 않았다.
저녁을 먹은 뒤 사람들은 학교 연회장에 모였다.
프로그램의 첫 부분인 음악회가 시작됐을 때 그곳은 꽉 찼다. 그다음에는 프로그램에 따라 루마니아 편집자가 에스페란티스토로 살아오는 동안의 유쾌한 일화들을 이야기해야 했고 마지막에는 무도회였다.
음악회가 끝났다. 무대의 앞 막이 올랐다.
거기에 교장이 나와 서서 이제 한 젊은 수강생의 어머니이신 니콧 부인이 덴마크 국가를 노래하겠다고 했다.
그녀는 미소를 띠고 주저 없이 나섰다. 그녀 뒤로 두발 씨가 나와서 피아노에 앉았다. 그는 반주를 시작했고, 그녀는 노래하기 시작했다.
처음에는 조금 떨리는 목소리로.
오, 너 아름답기 그지없는 땅
넓고 푸른 너도밤나무 우거진 곳.

오랜 덴마크 여! 그대는 남으리
너도밤나무 잎이
바다에 비치는 동안.

- Ĉu s-ro Brown esploris ion pri li? - ŝi pensis
- Baldaŭ la tago estos pasinta, sed neniu el ili venis.

Post la vespermanĝo oni kolektiĝis en la festsalono de la altlernejo. Tute plena ĝi estis, kiam komenciĝis la koncerto, unua parto de la programo. Post tio laŭ ĝi la rumana redaktoro devis rakonti gajajn epizodojn el sia vivo Esperantista, fine devis esti dancado.

Finiĝis la koncerto. La antaŭkurteno de la scenejo leviĝis.

Tie staris la kursestro anoncanta, ke nun kantos s-ino Nicot, patrino de unu el la junaj kursanoj, la danan nacian himnon.

Ŝi aperis, ridetanta kaj sen hezito. Post ŝi venis s-ro Duval, kiu sidigis sin ĉe piano. Li ekludis, kaj ŝi ekkantis, komence per iomete tremanta voĉo:

Ho, vi ĉarmega land'
kun larĝaj verdaj fagoj.
- - -
Malnova Danmark! Restos vi,
kum kiam speguliĝas
en maro fagfoli'.

연회장이 조용하다가 곧 우레 같은 박수갈채가 그녀에게 쏟아졌다.
그녀가 무대를 떠났을 때도 박수소리는 그치지 않아서 그녀는 되돌아와야만 했다.
이제 그녀는 프랑스 노래를 부르기 시작했다.
진실은 언제나 이긴다.
오랫동안 감추어져 있더라도.
갑자기 높은 외침 소리가 들렸다.
모두 일어서서 문 쪽을 바라보았다.
몇 분 동안 사람들은 깜짝 놀라 서 있었다.
무대의 앞 막이 내려졌다.
엘세는 이미 쟝 옆의 자기 자리로 돌아왔다.
활발한 교감은 연회장으로 달려 들어와서 교장에게 몇 마디를 속삭였다. 그는 일어서서 기다리고 있는 참석자들에게 말하기 시작했다.
"친애하는 동지 여러분! 안심들 하십시오. 몇 분 전에 브라운 씨가 돌아왔고, 그와 함께 새로운 수강생인 올레 담 박사가 코펜하겐으로부터 도착했습니다. 그분들이 우리 연회장으로 들어오려 했을 때, 브라운 씨가 정신을 잃고 쓰러졌습니다. 확실히 병세인 듯합니다. 담 박사와 교감이 그를 다른 방으로 옮겼습니다. 박사께서는 아직 거기 머무르고 있습니다만, 그 병세는 별 것이 아니라고 합니다.

Silento regis en la salono, sed tuj tondris aplaŭdo al ŝi. Ŝi forlasis la scenejon, sed la aplaŭdo ne ĉesis, kaj ŝi devis reveni. Nun ŝi ekkantis la francan kanton:

La vero venkas ĉiam
dum longa temp' kaŝita.

Subite aŭdiĝis laŭta ekkrio. Ĉiuj ekstaris kaj rigardis al la pordo. Dum kelkaj minutoj oni staris konsternitaj.

Malleviĝis la antaŭkurteno de la scenejo. Else jam revenis al sia sidloko apud Jean.

La vigla inspektoro venis kure en la salonon, flustris kelkajn vortojn al la kursestro. Tiu ekstaris kaj ekparolis al la atendanta ĉeestantaro:

- Karaj gesamideanoj! Estu trankvilaj. Antaŭ kelkaj momentoj revenis s-ro Brown, kaj kun li alvenis nova kursano, d-ro Damm el Kopenhago. Kiam ili volis eniri en nian salonon, s-ro Brown svenis kaj falis, evidente pro malsaneto. D-ro Damm kaj la inspektoro portis lin al lia ĉambro. La doktoro restas ankoraŭ tie, sed sciigas, ke la malsaneto ne estas iel grava.

브라운 씨는 아직 정신이 없습니다만, 계속해서 엘세라는 이름을 부르고 있습니다.”
“그분은 제 아버지일 겁니다.” 하고 쟝이 높은 소리로 교장에게 외쳤다.
“쟝, 무슨 소리를 하는 거냐?” 모두 자기를 바라보아서 엘세는 얼굴을 붉혔다.
“저는 우리 사이의 닮은 점을 눈치챘었어요. 틀림없습니다. 그분은 제 아버집니다.” 쟝은 계속 우겼다.
엘세는 거의 그것을 믿을 수가 없었다. 그녀는 아직 그를 보지 못했다. 그녀의 가슴은 세게 뛰었다. 그녀가 꿈을 꾸고 있는 것일까?
교장이 다가와서 그녀의 두 손을 꼭 잡아 주었다. 그 이해심 많은 사람은 그 일에 관해 설명을 부탁하는 대신 엘세를 그 연회장 밖으로 이끌었다. 도중에 그는 에스페란토의 역사를 가르치던 아가씨에게 그가 곧 돌아올 때까지 프로그램의 진행을 맡아줄 것을 속삭여 부탁했다.
“우리 그분의 방을 가 봅시다.” 교장은 말했다.
“아드님의 말이 맞았다면 얼마나 좋겠습니까.” 감격한 그는 엘세와 쟝을 데리고 마당을 지나갔다.
엘세의 마음속은 희망과 두려움이 뒤섞였다.
그녀는 생각에 잠긴 채 사려 깊은 교장이 이끄는 대로 자신을 내맡겼다.

S-ro Brown estas ankoraŭ senkonscia, sed konstante li diras la nomon Else.

- Eble li estas mia patro, - ekkriis laŭte Jean al la kursestro.

- Jean, kion vi diras? - Else ruĝiĝis, ĉar ĉiuj rigardis ŝin.

- Mi ja rimarkis la similecon inter ni. Mi ne eraras. Li estas mia patro, - insiste daŭrigi Jean.

Else preskaŭ ne povis kredi tion. Ŝi ja ankoraŭ ne vidis lin. Ŝia koro batis forte. Ĉu ŝi sonĝas? La kursestro alproksimiĝis kaj kore prenis ŝiajn manojn. tiu komprenema homo ne petis iun klarigon pri la afero, sed gvidis Else el la festsalono. Survoje li flustre petis la instruistinon de la Esperanta historio gvidi la daŭrigon de la programo ĝis lia baldaŭa reveno.

- Ni iru al lia ĉambro, - diris la kursestro. - Kiom mi ĝojos, se via filo pravas. - Kortuŝita li akompanis Else kaj Jean tra la korto. En la koro de Else interbatalis espero kaj timo.

Revante ŝi lasis sin gvidi de la zorgema kursestro.

그들은 궁금한 표정으로 자기네들을 바라보는 올레를 만났다. 교장은 그에게, 쟝이 한 말들을 속삭여 이야기했다. 올레가 바로 받아 말했다.
"우리 빨리 브라운 씨에게 가 봅시다!
그는 방금 의식을 되찾고는, 자기는 아름다운 꿈을 꾸었으며 이제 오래전에 잊어버렸던 그 무언가를 기억해 낸다고 합니다. 저는 그가 말하는 것을 제대로 이해할 수가 없습니다만, 그는 계속 '엘세'란 말에 관해 묻고 있습니다."
"브라운 씨라니요, 저는 그런 이름을 모릅니다." 엘세가 되풀이 말했다.
새로 생겼던 그녀의 희망은 사라졌다.
"우리 같이 그 일을 알아봅시다."라고 교장이 답했다.
그는 동정이 가득한 마음으로, 이 일이 이제 창백해져 가는 저 부인을 행복으로 이끌기를 간절히 바랐다.
잠시 후 그들은 브라운 씨의 방으로 들어갔다.
"쟝!" 엘세는 소리치고는 침대로 몸을 던져 무릎 꿇고 넘어졌다. 그녀는 바로 남편을 알아보았다.
교장과 올레는 젊은 쟝을 문밖으로 당겨내고는 문을 닫았다.
"왜 절 들여보내 주지 않습니까?
그분은 제 아버집니다."
그는 뿌리치며 소리 지른다.

Ili renkontis Olie, kiu kun demanda mieno rigardis ilin. La kursestro flustre rakontis al li pri la vortoj de Jean. Tuj Ole rediris:
- Ni rapidu al s-ro Brown! Li ĵus rekonsciiĝis kaj diris, ke li havis belan sonĝon, kaj ke li nun memoras ion, kion li antaŭ longa tempo forgesis. Mi ne tute komprenis, kion li diris, sed konstante li demandas pri "Else".
- Sro Brown, - ripetis Else, - mi ne konas la nomon. - Ŝia nove vekita espero malaperis.
- Ni kune esploru la aferon, - respondis la kursestro, kiu el sia kunsentema koro deziris, ke tiu okazaĵo konduku al feliĉo por la nun paliĝanta virino.
Momenton poste ili eniris en la ĉambron de s-ro Brown.
- Jean! - ekkriis Else kaj ĵetis sin surgenuen ĉe la lito. Ŝi tuj rekonis sian edzon.
La kursestro kaj Ole retiris la junan Jean el la pordo kaj fermis ĝin.
- Kial vi ne permesas min eniri. Li estas mia patro, - li rezistante ekkriis.

올레가 그를 달랬다.
“우리 여기서 잠시만 기다리자. 아버지께서 곧 부르실 거야.”

브라운 씨의 방에는 기쁨과 행복이 가득 찼다. 그들은 기뻐서 함께 웃고 울었다.
“사랑하는 엘세, 당신은 이전처럼 예쁘고 사랑스럽소.”
“하지만 당신은 그렇게 오랫동안 어디 계셨어요, 쟝?”
“병으로 기억력을 잃어버렸소. 나중에 모든 것을 이야기하겠소. 자, 당신은 어떻게 지내는지 말해 봐요. 당신 건강하오? 어디 살고 있소? 아, 이 행복이 꿈이 아니고 참이기를 바랄 뿐이오.”
엘세가 그를 껴안고 입 맞추었다.
“쟝, 사랑하는 쟝, 우리에겐 아들이 있어요.” 그녀는 더 밖에서 기다리지 못하고 들어온 젊은 쟝을 가리키며 말했다.
그도 또한 아버지의 침대 곁에 무릎 꿇었다.
그들의 행복은 이루 말할 수 없이 컸다.

Ole trankviligis lin: - Ni restu ĉi tie kelkajn minutojn. via patrino baldaŭ alvokos vin. - - -
En la ĉambro de s-ro Brown regis ĝojo kaj feliĉo. Ili ambaŭ ridis kaj ploris pro ĝojo.
- Mia amata Else, vi estas same bela kaj aminda kiel antaŭe.
- Sed, kie vi estis dum tiuj multaj jaroj, Jean?
- Pro malsano mi perdis mian memorkapablon. Poste mi rakontos al vi ĉion. Nun diru al mi, kiel vi fartas. Ĉu vi estas sana? Kie vi loĝas? Ho, mi esperas, ke ĉi tiu feliĉo estas vera, ke mi ne nur sonĝas.
Else ĉirkaŭbrakis kaj kisis lin.
- Jean, kara, kara Jean, ni havas filon. Jen li estas, - ŝi diris kaj montris al la juna Jean, kiu ne plu volis resti ekstere.
Ankaŭ li genuis ĉe la lito de sia patro. Ilia feliĉo estis nedireble granda.

제22장 올레와 브리기트의 행복

연회장에서 사람들은 프로그램을 더 이어가지 못하고 초조하게 교장이 돌아오기를 기다렸다. 여기저기서 사람들은 그 일에 대해서 떠들어 댔지만 비르기트조차도 어떻게 됐는지 알 수 없었다. 그녀와 한네와 두발 씨는 한쪽 구석에 앉아 있었다. 비르기트는 낮은 소리로 브라운 씨에 대해서 자신이 아는 바를 그들에게 이야기했다. 두발 씨 또한 브라운 씨와 젊은 쟝 사이가 닮았음을 알아차렸고, 엘세의 잃어버린 남편에 대한 자기 쪽의 이야기를 했다.

교장과 올레가 들어갔다.

올레는 깜짝 놀라며 바로 비르기트를 보았다.

그는 두근거리는 가슴으로 연회장의 뒷부분에 남았다. 그녀가 그를 알아볼까? 그는 그녀가 이전에 그의 청혼편지에 왜 답조차 하지 않았는지 하는 수수께끼를 풀 수 있을까? 그녀는 결혼했을까? 아직도 그녀는 얼마나 아름다운가! 그녀가 아직 남의 아내가 아니면 좋으련만!

“할 양!” 교장이 불렀다.

“같이 몇 마디 나누어도 좋을까요?”

‘할 양이라고!’

DUDEK-DUA ĈAPITRO

En la festsalono oni ne daŭrigis la programon, sed streĉe atendis la revenon de la kursestro. Ĉie oni interbabilis pri la afero, sed eĉ Birgit ne komprenis, kio okazis. Ŝi, Hanne kaj s-ro Duval sidis en unu el la anguloj. Mallaŭte Birgit rakontis al ili, kion ŝi scias pri s-ro Brown. Ankaŭ s-ro Duval rimarkis la similecon inter s-ro Brown kaj la juna Jean, kaj li siaflanke rakontis pri la malaperinta edzo de Else. Ili estis preskaŭ certaj pri tio, ke s-ro Brown kaj Else iel havas komunan sorton.

Eniris la kursestro kaj Ole.

Ole tuj kun granda surpriziĝo ekvidis Birgit. Kun frapanta koro li restis en la malantaŭa parto de la salono. Ĉu ŝi rekonos ln? ĉu li baldaŭ ekhavos la solvon pri la enigmo, kial ŝi eĉ ne respondis al lia svatletero siatempe? Ĉu ŝi edziniĝis? Kiel ĉarma ŝi ankoraŭ estas! Espereble ŝi ankoraŭ ne estas edzino!

- Fraŭlino Hall! - diris la kursestro. - Ĉu vi permesas, ke mi parolu kelkajn vortojn kun vi? Fraŭlino Hall!

너무나 기쁜 마음으로 올레는 그 이름을 들었다. 그러니까, 그녀는 아직 결혼하지 않았다! 희망이 비친다. 하지만 그녀가 그를 사랑했다면 이전에 답을 했을 것이 아닌가.---

비르기트는 브라운 씨에 관해서 묻는 교장에게로 갔다. 그녀는 그에게 자기가 아는 바와 두발 씨가 말한 바를 간단히 이야기했다.

교장이 종을 울렸다. 모두 조용해졌다.

그는 말하기 시작했다.

"여러분! 우리 수강생 중 두 분에게 큰 행복이 생긴 듯합니다. 브라운 씨는 오래전에 기억력을 잃었습니다. 그런데 그가 우리 연회장의 문안에서 니콧 부인의 목소리를 들었을 때, 그 기억력이 되돌아온 듯합니다. 그들은 부부일 것입니다. 아직 확실히 알 수는 없습니다만 모든 이야기를 볼 때 믿을 만합니다. 우리는 여기에 커다란 한 가족 모임으로 있습니다. 그 두 분이 잃어버린 행복을 다시 찾는다면 우리도 그들과 기쁨을 같이합시다.

그들이 돌아오기를 기다립시다. 그들은 곧 이리로 올 것입니다."

막 그가 이 말을 마쳤을 때, 엘세와, 본디 이름이 쟝 니콧인 브라운 씨가 들어왔다.

Kun ĝojego en sia koro Ole aŭdis tiun nomon. Do ŝi ankoraŭ ne edziniĝis! Ekbrilo de espero. Sed tamen, se ŝi amus lin, ŝi ja estus respondinta siatempe. - - -
Birgit iris al la kursestro, kiu demandis ŝin pri s-ro Brown.
Per malmultaj vortoj ŝi rakontis al li, kion ŝi scias, kaj kion rakontis s-ro Duval.
La kursestro sonorigis. Ĉiuj eksilentis. Li ekparolis:
- Karaj geamikoj! Eble okazis granda feliĉo por du el niaj kursanoj. S-ro Brown antaŭ multaj jaroj perdis sian memorkapablon. Ŝajne ĝi revenis, kiam li en la pordo de nia salono aŭdis la voĉon de s-ino Nicot. Eble ili estas geedzoj. Ni ankoraŭ ne tute precize scias, sed ĉio kredigas tion al ni. Ni estas ĉi tie unu granda familia rondo. Se tiuj du homoj retrovos sian perditan feliĉon, ni partoprenu ilian ĝojon. Ni atendu ilian revenon. Eble ili jam tuj estos ĉi tie.
Apenaŭ li finis ĉi tiun paroladeton, kiam Else kaj s-ro Brown, kies vera nomo estis Jean Nicot, aperis.

팔짱을 낀 채 환한 얼굴을 한 그들은 연회장을 지나 교장에게로 갔다. 그들 곁에 쟝도 함께 갔다.
교장은 따뜻하게 그들의 손을 잡았다.
몇 분 뒤 그는 단상에 섰다.
"친애하는 동지 여러분!" 그는 말했다. 그의 얼굴에는 진심의 기쁨이 어리었다. "우리의 희망이 이루어졌습니다. 우리 일어설까요?"
모두 일어섰다.
"니콧 내외분! 사람들은 흔히 기적의 시간은 지났다고 말합니다. 그것은 맞는 말이 아닙니다. 우리가 이렇게 장엄한 기적을 보지 않습니까. 우리는 진심으로, 행복을 되찾은 두 분과 기쁨을 같이합니다. 우리는 모든 참석자의 이름으로 두 분께 진심으로 축하드리고 또 드립니다.
우리는 다섯 번의 만세 외침으로 그것을 표시합시다!"
"만세! 만세! 만세! 만세! 만세!"
그런 뒤에 모두 니콧 부부에게로 가서 그 행복한 사람들에게 악수하여 축하했다. 천국 같은 분위기가 이 큰 가족 모임에 가득했다.
곧이어 사람들은 춤추기 시작했다.
쟝은 곧 한네에게 춤추러 갔다. 그들의 얼굴은 서로의 기쁨을 감추지 못했다.
이전의 브라운 씨는 비르기트에게로 가서 말했다.

Brakon sub brako kaj kun raidantaj vizaĝoj ili iris tra la salono al la kursestro. Apud ili iris Jean.

La kursestro varme premis iliajn manojn. Kelkajn minutojn poste li staris sur la tribuno.

- Karaj gesamideanoj! - li diris. Lia vizaĝo esprimis sinceran ĝojon. - Nia espero efektiviĝis. Ĉu ni ekstaru? Ĉiuj ekstaris.

- Gesinjoroj Nicot! Oni ofte diras, ke la tempo de l'mirakloj pasis. Tio ne estas vera, ĉar jen ni havas ekzemplon pri grandioza miraklo. Ni sincere partoprenas vian ĝojon pro la retrovita feliĉo. En la nomo de la tuta ĉeestantaro ni kore, koreģe gratulas vin ambaŭ. Ni esprimu tion per kvinfoja vivu-krio!

- Vivu! Vivu! Vivu! Vivu! Vivu!

Ĉiuj post tio aliris al gesinjoroj Nicot kaj manpreme gratulis la feliĉulojn. Paradiza atmosfero regis en la granda familia rondo.

Baldaŭ oni komencis la dancadon. Jean tuj iris al Hanne por danci kun ŝi. La reciprokan feliĉon iliaj vizaĝoj ne povis kaŝi.

La antaŭa sinjoro Brown alproksimiĝis al Birgit kaj diris al ŝi:

"비르기트 양. 나는 당신이 내 행복을 기뻐하고 있는 줄 압니다만, 나는 당신의 일을 잊지 않았습니다. 올레는 결혼하지 않았습니다. 나는 어제 그와 함께 있었습니다. 우리는 함께 이리로 왔습니다. 당신은 그를 이미 봤습니까?"
"예, 나는 연회장 뒤쪽의 그를 봤습니다만 그에게 가볼 용기가 나질 않았습니다." 얼굴을 붉히며 그녀는 말을 잇는다.
"나는 그가 아직 나를 사랑하는지, 정말 알 수가 없습니다. 당신은 그와 이야기를 하면서 내 이야기를 했습니까?"
"아니요. 다른 누구도 그 일에 끼어들지 않는 것이 좋다고 보였습니다. 하지만 나는 당신에게 다가올 행복을 믿습니다. 그는 참으로 좋은 사람입니다."
그때 엘세가 자기 남편에게 다가왔고 그는 그녀를 소개했다. 그 두 여자는 곧 서로를 친구같이 느꼈다.
"바닷가로 갑시다!" 힘찬 교장의 목소리였다.
"우리 달빛 비친 조용한 바다의 동화 같이 아름다운 경치를 즐깁시다. 그리고 우리 사이에 있고 싶었지만 올 수 없었던 스웨덴의 모든 동지에게 인사를 보내기 위해 그곳의 불빛을 바라봅시다."
모두 나갔다. 비르기트와, 두 사람의 같은 방 친구는 팔짱을 끼고 나가며 활기차게 떠들었다. 하지만 비르기트의 생각은 올레에게로 날아갔다.

- Kara amikino. Mi scias ke vi ĝojas pro mia feliĉo, sed mi ne forgesis vian. Ole ne edziĝis. Hieraŭ mi estis kune kun li. Kune ni vojaĝis ĉi tien. Ĉu vi jam vidis lin?
- Jes, mi vidis lin en la malantaŭa parto de la salono, sed mi ne kuraĝis iri al li. - Ruĝigante ŝi daŭrigis: - Mi ja ne scias, ĉu li ankoraŭ amas min. Ĉu vi diris ion pri mi, kiam vi interparolis?
- Ne. Ŝajnis al mi pli bone, ke neniu alia sin miksu en tiun aferon. Sed mi fidas pri via estonta feliĉo. Li estas vere bona homo.
En tiu momento Else venis al sia edzo, kaj li prezentis ŝin.
La du virinoj tuj sentis sin amikinoj.
"Ek' al marbordo!" - Jen la voĉo de la vigla kursestro. - "Ni ĝuu la fabele belan vidaĵon de la kvieta maro kun lunbrilo kaj rigardu la lumojn en Svedujo por sendi salutojn al ĉiuj gesamideanoj tie, kiuj sopiras esti inter ni, sed kiuj ne povis veni".
Ĉiuj ekiris. Birgit kaj ŝiaj du samĉambraninoj iris brakon sub brako kaj vigle interbalilis. Tamen la pensoj de Birgit flugis al Ole.

그녀는 어디에서도 그를 볼 수 없다. 그는 어디에 있을까? 그는 그녀에 관해 무엇을 생각할까? 바닷가에서 사람들은 노래하고 수다를 떨었지만, 비르기트는 점점 조용해져 갔다. 마침내 그녀는 학교로 되돌아가려고 수강생들과 헤어졌다. 그녀는 올레가 왜 그 산책에 참석하지 않았는지 알 수 없었다.
하지만 그는 공원을 거닐었다. 그는 즐거워하는 사람들과 같이 있는 것을 견딜 수 없었다. 그는 비르기트에게 가까이 가기가 두려웠다.
그는 작은 연못가에 섰다. 달과 별들이 그의 위에서 빛났지만, 그의 마음속은 어두웠다. '그렇게 그녀와 가까이 있는데도 멀게만 느껴진다!'라고 그는 생각했다. 그는 자기 방으로 돌아가려고 발길을 돌렸다. 그런데, '그의 눈이 그를 속이는 걸까? 이리로 오고 있는 저 여자는 누구인가? 비르기트?'
"비르기트!" 그는 외쳤다. "사랑하는 나의 비르기트!"
"올레!" 그녀는 그의 팔에 쓰러졌다.
모든 것을 그들은 잊었다. 그 엄숙한 순간에 시간은 영원으로 녹아들었다. 그들은 아무 말도 하지 않았다. 아무런 설명도 필요 없다. 그들은 함께 있는 것이다! 더운 두 가슴은 쿵쿵 뛰었다. 이제 그들은 절대로 헤어지지 않을 것이다.
마침내 그는 더듬거리며 말했다.

Nenie ŝi povas vidi lin. Kie li estas? Kion li pensas pri ŝi? Ĉe la marbordo oni kantis kaj babilis, sed Birgit fariĝis pli kaj pli silenta.
Fine ŝi forlasis la kursanojn por reiri al la altlernejo. Ŝi ne komprenis, kial Ole ne partoprenas la promenon.
Sed li promenis en la parko. Li ne povis elteni la kuneston kun la ĝojaj homoj. Li timis alproksimiĝi al Birgit.
Li staris ĉe la lageto. La luno kaj la steloj brilis super li, sed en lia koro estis mallumo. - Tiel proksime al ŝi, kaj tamen malproksime! - li pensi. Li turnis sin por iri al sia ĉambro.
Sed, - ĉu liaj okuloj lin trompas? Kiu estas tiu virino, kiu jen alvenas? Ĉu Birgit?
- Birgit! - li kriis. - Amata Birgit mia!
- Ole! - Ŝi falis en liajn brakojn.
Ĉion ili forgesis. En tiu solena momento kunfandiĝis la tempo kun la eterneco. Nenion ili diris. Neniu klarigo estis necesa. Ili estis kune! Du varmaj koroj batis takte. Neniam plu ili disiĝos.
Fine li balbutis : - - -

"그런데 비르기트, 사랑하는 비르기트, 당신은 왜 내게 답장을 하지 않았소?"
"겨우 두 달 전에야 당신 편지를 받았기 때문입니다. 에스테르, 그 가엾은 여자가 그것을 감췄어요. 그녀도 당신을 사랑했으니까요."
이제 그는 모든 것을 이해했다.
그들의 입술은 첫 입맞춤에서 만났다. 행복은 그들의 가슴을 넘쳐 흘렀다. 그는 자기의 연애편지에 아무런 답이 필요 없었다. 그녀가 자기 곁에 있으면 충분했다. 달님은 빙긋 웃으며 그 커다란 땅 위의 행복을 비추었다. 빛이 그들을 둘러쌌다. 빛은 그들의 가슴에 있었다. 모든 것이 밝았고, 빛이 빛나는 곳에 거짓말과 어두움은 없다.

진실은 언제나 이긴다.

sed Birgit, amata Birgit, kial vi neniam respondis al mi?
- Ĉar nur antaŭ du monatoj mi ricevis vian leteron. Ester, tiu kompatinda virino, ĝin kaŝis, ĉar ŝi mem amis vin.
Nun li ekkomprenis ĉion.
Iliaj lipoj renkontiĝis en la unua kiso. Feliĉo trafluis iliajn korojn. Li bezonis neniun respondon al sia amletero.
Sufiĉis, ke ŝi estas proksima al li.
La luno ridetante brilis sur tiun grandan teran feliĉon. Lumo ĉirkaŭis ilin. Lumo estis en iliaj koroj. Ĉio estis luma, kaj tie, kie la lumo brilas, mensogo kaj mallumo ne ekzistas.

La vero ĉiam venkas.

번역자에 대하여

오태영(Mateno)은 1966년 전남 장흥 출생으로 서울 영동고를 졸업하고 한양대 건축학과, 한국방송통신대 법학과, 서울시립대학교 도시행정대학원(부동산전공)에서 공부하였으며, 서울시청을 비롯하여 구청, 주민센터에서 30여 년의 공직 생활을 명예퇴직하고
제2의 인생을 시인, 작가, 번역가, 진달래 출판사 및 진달래 하우스 대표로 4자녀와 함께 즐겁고 기쁘게 살고 있다.

시집 그리운 노래는 가슴에 품고 외에 번역한 책으로 불가리아 유명 작가 율리안 모데스트의 에스페란토 원작 소설 에스페란토-한글 대역 9권 - 바다별(단편 소설집), 사랑과 증오(추리 소설), 꿈의 사냥꾼(단편 소설집), 내 목소리를 잊지 마세요(애정소설), 살인경고(추리소설), 상어와 함께 춤을(단편 소설집), 인생의 오솔길을 지나(인생소설), 공원에서의 살인(추리소설), 수수께끼의 보물(청소년 모험소설) 등이 있고,
에스페란토 직독직해 어린 왕자, 안서 김억과 함께하는 에스페란토 수업, 바다별(단편 소설집), 꿈의 사냥꾼(단편 소설집), 바다별에서 꿈의 사냥꾼을 만나다(단편 소설집), 주안에서 누리는 행복(수필집) 등이 있다.